再被狐狸騙一次

季青◎圖
沈石溪◎著

脫帽，先生！

桂文亞

沈石溪二三事

有一次和沈石溪談寫作，隨興提到當代中國大陸幾家少年小說菁英分子的時候，沈石溪謙虛中帶點喟嘆似的說，和誰誰誰的作品相比，他沒有他的優美，和誰誰誰的作品相較，他缺少了他的那份幽默。

可是我說，其實是各有各的才情和風格。以繪畫比喻，有人欣賞明末八大山人孤高淡遠的畫風，有人欣賞清朝揚州八怪（即揚州畫派）自由活潑的畫風，也有人欣賞民國張大千縱橫千里的潑墨畫風，而沈石溪你呢，若以音樂比喻，就是貝多芬的命運交響曲，雄健豪美，迸發著無可言喻的生命脈動與熱力……。

沈石溪這個人最大的特點，就是他那種近乎原始的毫不遮飾的愛憎喜惡——無論是對自己作品或別人作品的評論，甚至包括對人、事的看法，他往往不自覺地一劍穿心，深中要害。

第一次讀他的作品長篇小說《狼王夢》，讀罷掩卷，當下生出一種德國作曲家舒曼第一次聆聽鋼琴家蕭邦作品後相類似的「驚豔感」：「脫帽，先生，一個天才！」

其實，在《狼王夢》（一九九〇年，上海少年出版社，十萬字）出版前，沈石溪已經在寫作的道路上奮進了十六年，我這個讀者只是「坐享其成」了他的成熟期。

由於《狼王夢》的吸引力，我開始土撥鼠一樣去刨掘他早期的作品，包括成人小說《戰爭和女人》、《生命》、《成丁禮》和他轉耕至少年兒童文學（一九八二年）的成名作《第七條獵狗》、《野牛傳奇》……也就是民生報後來在一九九四年出版的單行本《第七條獵狗》中收集的十個短篇動物小

說。溯本追源之後，我還是不由得再讚嘆一次：「脫帽，先生！」

任何門類的創作，幾乎毫無倖免的除了「努力」之外，「天賦」是不可欠缺的一個「殘酷」條件。這天賦指的就是一個人先天的資質，對五音、五色，對天地萬物的「知覺」、「吸收」和「感應」的能力。我真羨慕沈石溪擁有的這份獨特「家產」。

和沈石溪相處，可以很快發現他頭頂裝了一具隱形雷達。他的敏銳和機靈，不但收在那一雙深邃，但常常看起來坦然無辜的眼睛裡，也同時藏在那個無時無刻不在接收訊息，但外表看起來與常人毫無二致的腦袋中。

據說他平常不算多話，從早到晚蝸在書房的電腦鍵盤前，啄木鳥似的多多多兩眼緊盯著螢光幕敲出一個個泛出光痕的中國字。文思阻塞時菸一根接著一根，心裡頭不斷的咒罵三字經；靈光乍現，湧出奇思妙想時，又情不自禁的笑出聲來，陶醉個兩三分鐘再繼續多多多……。他是不開口則已，一開口，自由大膽的詞鋒常令人瞠目以對，啼笑皆非。

一九九四年春，在昆明朋友沈石溪、吳然和汪明傳三位先生的熱誠安排下，赴西雙版納見識傣族的潑水節。我與沈石溪初識於北京，論交於昆明，當時就頗意外這個下筆龍騰虎嘯、驚濤駭浪的動物小說家外型竟是如此清瘦（後來我知道是因為小時候體弱多病又失調的緣故）；在昆明較相熟之後，他倒也輕鬆自在的調侃自己：「骨瘦如柴，臉上沒有四錢肉」，「零件（五官）分開來看還不錯，合起來就不行了。」

在旅行途中，閒聊的機會很多，印象最深刻的是沈石溪說，他一不相信商人，二不同情乞丐（貧窮恥辱論），他認為，人生在世絕對萬萬不能沒有錢，所以他拜菩薩，一祈平安二祈財，而「到死前一刻也絕不會四大皆空」。

他說起自己有一次得了一個聽起來很棒的文學獎，結果興匆匆的坐飛機趕去以為可以領一筆獎金，沒想到，只捧回來一個漂亮的大獎杯，真是「失望透頂」。他一半認真一半開玩笑，但至少聽眾對他「高成就、低收入」的

寫作成果「表示滿意」了。

一次，朋友用打火機為他點菸，火屑不小心燒到了他幾根長長的睫毛，他說：「正常毀容要賠二百萬美元，你只要賠兩萬美元就可以了。」不久，我觀察出來，沈石溪不僅習慣，也很喜歡以「錢」做話題，拿「錢」開玩笑。不久，我就給他取了一個外號：「小財多」。雖然我並不希望他開口「錢來」閉口「錢去」。（記得有一次在上海吃飯，他答應請我吃蝦，結果一看標價就大叫一聲：「十八塊！」）

旅遊區任何東西的標價在小財多先生眼裡都是詐騙，有一次阻止不了，乾脆蠻橫地一把搶過我的背包，打開拉鍊把裡面的繡品當街攤亮出來，他用氣憤中帶著諷刺的語氣，對著剛好路過的一個熟店老闆說：「你看這玩意兒值幾個錢？上當了不是嗎？」好像買主完全是一個白癡。（他不明白每個人有每個人的「價值觀」嗎？）

一次，開車途經一個水果攤，大家下來買西瓜吃，他遞來一塊，我一時口誤：「這是木瓜。」他想也不想就說：「我看你才是個木瓜！」

沈石溪常常不怎麼「文明的」惹人尷尬。「文如其人」乍看不適用他這個人。他的作品緊密濃烈，嚴肅深沉，他的為人卻隨和隨興我還差點要說「隨便」；作品中的「冷眼看人生」落在現實生活中，卻是容易動心、動氣和動情。不過，兩相對照，深入推衍，卻又令人恍然有所悟：沈石溪這個人內在的精細與外在的通直，正好是一收一放一陰一陽一正一反一黑一白就像兩個相應契合的齒輪。

站在「友直」的立場，我對他某些言行舉止（例如他的卡拉OK表演）常有看法。甚至還絕無僅有的至少兩次拍桌子、五次以上動起肝火（我甚至覺得我們兩人有點「犯沖」）。

我說：「沈石溪你這個人很奇怪，你談吐不俗可是為什麼那麼粗？」

沈石溪照例是我行我素，來個相應不理。但終於有一天在電話中婉轉解釋：「我就像一根被醃壞的黃瓜，泡在酸水裡的時間太久，再怎麼改也改不

了那股味兒了。」

於是我忽然想起他給我寫過的一封信中的一段話：「我這個人，也難怪你焦距不清，是個矛盾體，既自信又自卑，既高潔又卑汙，既聰明絕頂又愚不可及，既是理想主義者又是實用主義者，一個年輕時在混亂時代泡得身心都混亂的人……。」他似是借用了狄更斯在《雙城記》中的開場：「那是最好的時代，也是最壞的時代……那是信仰的時代，也是懷疑的時代……我們的前途有著一切，我們的前途什麼也沒有……」

我忽然覺得自己實在有必要再理解一下沈石溪。

沈石溪就是沈石溪。他所處的時代孕育了他的作品，他的生存環境塑造了他這個人，沈石溪之所以成為今天的沈石溪，是與你我在台灣成長一代人的過程完全不一樣的。他最可驕傲的本質，是在那個「最絕望」（也是希望）的時代，那個「走向地獄」（也是走向天堂）的環境之下，選擇了「一枝筆」（一枝筆！）做為他生命的歸宿！天知道在那艱苦漫長的歲月中，他千萬根神經被焦慮的苦思折騰扭絞成什麼樣的麻花兒？他要用多少精神毅力燈下埋首伏案爬完多少格子，才能嘗到今天這粒尚稱甜美的「文學苦果」？單憑這一點，我就可以再說一次：

脫帽，先生！

動物小說的重要收穫

——我讀沈石溪的《狩獵系列》

雲南廣播電視大學副教授　冉隆中

發軔於八〇年代的中國大陸動物小說，雖然與國外同類題材創作相比起步較遲，卻因參與者帶著強烈的使命感，懷有前所未有的焦慮和激情，又是站在當代歷史制高點上去審視生活、選擇題材、提煉主題，因此，真正意義上的中國大陸動物小說，從一出現就給人耳目一新的較強的審美衝擊力。而在動物小說作家群中，來自雲南的青年作家沈石溪，顯然是這一群體中最重要的主將之一。

沈石溪從八〇年代初創作發表〈象群遷移的時候〉、〈第七條獵狗〉等作品開始，一發而不可收，創作出版了《狼王夢》、《一隻獵雕的遭遇》、《獵狐》、《退役軍犬黃狐》、《盲孩與棄狗》、《瘋羊血頂兒》、《殘狼灰滿》、《混血豺白眉兒》、《象王淚》、《象母怨》、《從非洲來的雌象》等十多本動物小說。在動物小說創作方面，沈石溪作品數量最多，影響最大（他是大陸因動物小說而獲獎最多的作家），而且在動物小說創作審美追求方面確有思考和建樹。

沈石溪曾對動物小說的構成要素做過如下規範：「一是嚴格按動物特徵來規範所描寫角色的行為；二是沉入動物角色的內心世界，把握住讓讀者可信的動物心理特點；三是作品中的動物主角不應當是類型化的而應當是個性化的，應著力反映動物主角的性格命運；四是作品思想內涵應是藝術折射而不應當是類比或象徵人類社會的某些習俗。」（沈石溪《漫談動物小說》）

在沈石溪動物小說近期創作中，他除了以自己的作品來實踐他對動物小說的美學規範，更努力吸收大量的文化學、動物學、考古學等最新成果，去破

譯野生動物的密碼，揭示不同物種間的行為差異。在保留作品生動、驚險、曲折的可讀性的同時，增大作品的知識含量和信息含量，提升作品的文化品質，融入作家深刻的思考和新鮮獨到的生命哲學見解。沈石溪動物小說在總體上呈現出如下一些特點：題材選擇獨特，主題開掘深刻，故事情節豐富曲折，情趣與哲理有機結合，動物典型極具個性化。沈石溪的動物小說，因其既好讀、又耐讀，既扣人心弦，又回味無窮的特點，很可能將動物小說這一通常界定為兒童文學範疇的文體加以改變，使之成為老少咸宜的擁有廣大讀者群的重要文體。

沈石溪對動物小說孜孜以求執著探索，不斷取得喜人的新成績。他的新作《我所經歷的動物故事——狩獵系列》雖是由一組十八篇短篇連綴而成，卻具有色彩斑斕，內蘊豐富，角度奇特，精采紛呈的神奇魅力。讀罷這組作品，竟讓我自然而然地聯想起蒲松齡的《聊齋誌異》一個寫狐怪鬼魅，一個寫走獸飛禽，表現的都是諸如復仇、報應、忠貞、貪心、母愛、善良、戰爭、和平等老而又老的文學母題，然而卻都有過目不忘的精采情節和細節，都有自然而嚴謹的精巧結構，都有鮮明生動的形象塑造，且都巧妙地折射了社會世相和人生的複雜嚴峻。可以說，《狩獵系列》頗有蒲氏《聊齋》之高妙，而從動物小說來說，又較好解決了「淺語」與譯度的矛盾，較好地解決了動物小說在描寫時切入視點與角度的難題。讀《狩獵系列》讓人有山陰道上，目不暇接的神奇美感。

以營造強烈的悲劇氛圍給人以震撼，並以此點燃生命的亮色，喚起崇高與向上的精神力量和激情，是《狩獵系列》若干佳作的一個顯著特色。沈石溪深諳悲劇美學之道，在他過去的動物小說中，我們就讀過他的《狼王夢》、《一隻獵鵰的遭遇》、《第七條獵狗》、《象冢》等一大批悲情瀰漫又發人深省的悲劇作品。在《狩獵系列》中，悲愴、悲涼、悲壯之情更是多次被渲染極致。〈再被狐狸騙一次〉中那隻火一樣亮麗的公狐狸，為救母子再施騙術，那一幕上演得何等驚心動魄！當公狐意識到故技重演已經失

靈時，牠的一招一式全都變成真刀真槍：以頭撞樹，撞得面破耳裂，以嘴撕咬，直將自己胸脯撕扯得皮開肉綻；最後竟活生生咬斷自己一隻前腿，而這一切，都只是為了「騙」人離開那藏有幼狐的洞穴！這時的「我」，「面對這種騙術，雖然我能識破，卻無力抗拒」，每一個讀者讀到這裡，豈不都會感受到一種如煎如熬、震聾發聵的衝擊力！無獨有偶，另一篇〈魔雞哈扎〉以不經意的筆墨刻畫的那隻平常一貫孱弱膽怯的母雞雪捏，面對兇猛無比的老鷹來襲，竟然以一種以卵擊石的勇氣，為護雞雛奮起反抗，牠終被巨鷹叼走化作藍天上一粒漸遠漸逝的小黑點，而讓讀者油然升騰起的，又豈止是關於母愛崇高的一曲禮讚？〈魚道〉中那條雖九死而不悔，比鯉躍龍門更要付出艱辛的大魚，為完成繁衍後代的使命，溯流而上，翻躍石壩，只為回到孔雀湖產下魚卵。當牠筋疲力竭落入人手又被棒擊頭裂時，牠竟然炸屍般突然將身體跳躍浸入湖水中，金色的魚卵噴薄而出，畫出一道讓人不可思議的生命奇觀，這畫面，同樣是感人至深的。如果說這三篇作品都只是描寫了單個的物種為護雛救子繁衍後代而可能出現的情境，那麼，在〈斑羚飛渡〉中，作家描繪的則是一幅空前壯觀、空前悲愴的奇蹟圖景，當一群斑羚被獵人圍追堵截困阨於懸崖無處可逃時，老幼兩代羚羊竟然巧妙地雙雙結對，飛越天塹——當然這是有前提和代價的，那就是，所有老羚羊都做了空中「橋墩」而墜入深淵，牠們的犧牲卻換取了年輕一代安然引渡，這種集體自我犧牲以保存物種延續的行為，恐怕對人類而言，過去、現在和將來，都很難在整體上企及如此境界。但它又確實是人類渴盼企求的一種崇高境界（似乎如此情景在某種時候也曾有出現過，如某次沉船時所有長者和男性都將生存的可能給予了婦孺。）在這裡，無理性的動物被作家賦予了一種甚至超越人類的更高理性，而作家又盡可能地借助環境渲染和邏輯演繹而使這一情節變得合理可信。至此，作品的悲劇之美亦被推向極致，撼人心魄蕩氣迴腸又引人遐思激人向上。

以強烈的現代意識去增強作品的思想厚度和衝擊力度，去燭照所描寫的

動物題材使之更具光彩和新意，這是沈石溪《狩獵系列》的又一突出特點。〈和烏鴉做鄰居〉近乎於一篇「翻案」作品。在所有人的印象中，烏鴉從來被視作帶來災禍的令人討厭的鳥類。作品中的「我」亦是帶著這一成見被動地與烏鴉做了鄰居的。「我」曾與鴉為敵，遭遇的是鴉群鋪天蓋地的鴉糞襲擊；而在紅嘴藍鵲奔襲鴉巢時，「我」無意中順便救了幼鴉，殊不知竟然種瓜得瓜種豆得豆，日後竟然因此而被鴉群救了性命……這篇作品最重要的也許並不在於它講了一個因果報應的故事，甚至也不在於它想改變人們對烏鴉的偏見歧視，而在於它鮮活新奇的情節又都建立在對烏鴉習性的細心特別的觀察之上，它讀來既讓你忍俊不禁又讓你引發思索，一篇描寫習見動物的作品能達此效果，當然應屬成功之作。作品在結尾處還引入一段關於烏鴉的科學評價描述，這就使作品在饒有情趣之外，注入了知識含意和科學價值。

〈災之犬〉一篇，作家則以一種嚴厲的自審精神，去揭示人類在認識上的某些輕率的誤謬，將一個傳統的人狗誤會的故事講述得頗有新意。〈誘雉受馴記〉和〈誘雉之死〉兩篇，展示的是扭曲雉鳥靈魂的全部過程，那所謂的馴雉「三部曲」——「小學」：飢餓；「中學」：恐懼；「大學」：無形網——不正是對某種世相人生的巧妙折射和大膽反應嗎？然而這裡又是對動物生活形態某一場景的真切描摹。沈石溪很善於將自己的理性思索灌注於動物世界的具象描寫中。使作品讓人讀來不僅有趣，而且有益，耐人尋味，發人深省。作家對美醜善惡的描繪，常常是渾然一體撲朔迷離地接近於動物本身生活形態，而作家對喜怒哀樂情緒的表達，又是明晰而站在時代高度上的，這樣就起到了很好的為讀者導讀，並引導讀者提升閱讀境界和審美情趣的積極作用。

沈石溪的動物小說，有恢宏之氣，有陽剛之美，有生命的力度和亮色，有獨特的美感和魅力。沈石溪寫作動物小說，得天時，占地利，又有掘一口深井的執著癡迷，終於得道並成氣候，應在情理之中。作為朋友，我真為沈石溪動物小說日益精采感到由衷高興。

序

痛苦的輝煌‧血腥的聖潔

感謝聯經出版公司，將我《再被狐狸騙一次》這本書精心設計裝幀，奉獻給臺灣讀者朋友。

二十七年前，命運把我從繁華的大上海拋到了蠻荒的西雙版納。西雙版納地廣人稀，大片大片密不透風的熱帶雨林裏，生活著野象、豺狗、麂子、馬鹿、懶猴、蟒蛇、犀鳥等數以千計的珍禽異獸，素有動物王國的美譽。打獵是當地男子傳統的謀生手段，幾乎人人都肩荷獵槍腰挎長刀斜背一張金竹弩。女子擇偶，所看重的就是對方是不是會「蓋房、犁田、打獵」。打獵不僅是一項重要的副業，不僅是一種極富刺激性的娛樂，還成了男子漢的標誌。山寨男子不會打獵，就好像現代都市的男子不會跳舞、不會唱卡拉OK、不會送情人鮮花一樣，被人瞧不起。

在這種崇尚野性的氛圍下，我也入鄉隨俗，當了很長一段時間獵人。

認真說起來，我這個獵人是假冒偽劣產品，或者說是個蹩腳的末流的不合格的獵人。我買不起一百多元一支的銅炮槍，只有一把鋒刃缺口的長刀，和一張在二十步內能勉強射倒山雉的竹弩，最輝煌的狩獵成績，是在過傣曆年殺豬時，一箭射準一頭肥豬的後腿，使得緊握殺豬刀在後面追趕的人們能很快追上這頭倒楣的肥豬，把牠掀翻按倒並在牠身上扎出一個深深的致命的血洞。

儘管我是個不稱職的獵人，但我在打獵成風的西雙版納一待就待了整整十八年，就像一枚棗子泡在醇釀的酒裏，泡了五千多個日日夜夜，這枚「棗子」再怎麼油鹽不進冥頑不靈，也被泡得渾身上下浸透了酒味。我不僅對普通的打獵過程瞭若指掌，對金絲活扣、捕獸鐵夾、天網陷阱等常規狩獵器具的操作和運用了然於胸，還對虎豹豺狼在春夏秋冬不同時節的不同生活習性逐漸熟悉，甚至能從濕軟的草地上密密麻麻凌亂不堪的野獸足跡中一眼就認

出哪一行是香獐的腳印，哪一行是猞猁的腳印，並準確識別這些腳印是否新鮮，經過此地已有多長時間？

久病成名醫，打獵也是同樣道理，在山上滾爬摸打的時間長了，我覺得可以大言不慚地拍著胸脯說自己是個獵人了。

當我開始文學創作，打開記憶的閘門，尋找有價值的寫作素材，第一個跳到我腦子的就是這段年輕時在深山老林裏打獵的情景，回想起來，仍然感到熱血沸騰，有一種強烈的創作衝動，於是我就以西雙版納熱帶雨林為背景，寫下了《再被狐狸騙一次》、《保母蟒》等一系列動物短篇小說。

當初寫這些作品時，有一個明確的主題，就是「熱帶雨林狩獵系列」。事實上，這十八個短篇，每一篇都是與打獵有關的故事，再現了血腥的狩獵場。

現在強調環保意識，號召保護野生動物，保護生態平衡，保護物種多樣性，提倡人類與大自然和諧相處。政府早已明令禁止打獵，偷獵是觸犯刑律的一種犯罪。或許可以這麼說，狩獵生活，是被時代所廢棄的一種生活，一段陳舊的歷史，一個不合時宜的話題。

但為什麼讀者還會對我這組「熱帶雨林狩獵系列」感興趣呢？

我描寫的是三十多年前的狩獵生活，前塵舊影，究竟還有沒有審美價值？

不錯，在文明世界，狩獵活動已經終結。但這並不表明，狩獵精神也跟著終結了。人類走過漫長的狩獵時代，才進入農耕畜牧時代，才最後邁進工業化時代。人類出現約有五十萬年歷史，工業化不過是最近一、兩百年的事，農耕畜牧也最多能往前追溯五千至一萬年。在這之前幾十萬年的時間跨度裏，人類都是以狩獵為生的。有證據表明，正是因為狩獵，人類攝入豐富的動物脂肪蛋白質，人類才變得大腦發達肢體靈活；正是因為要獵殺體型龐大的獵物，人類才發明了武器和工具；正是因為需要協同配合對付猛獸，人類才形成互相依賴的社會組織；正是因為要讓每一個參加打獵的男子都能安

心在外，使每一個養育孩子的女人都能得到一份男子從狩獵場帶回來的戰利品，人類才發明了婚姻與家庭；正是因為要公平地分配有限的獵物，避免因爭奪獵物而引發的自相殘殺，人類才建立起以公正為原則的法律秩序……可以這麼說，打獵曾經是每個人必須掌握的生存技能，是人類最重要最核心的生活內容。狩獵場是人類進化的出發地，也是人類文明的訓練場。

狩獵場上，需要勇敢、忠誠、拚搏、團結、互助、信賴，需要成熟的智慧和強健的體魄，這就是狩獵精神。

曾經延續了幾十萬年的狩獵生涯，由此而形成的狩獵精神，早已變成遺傳密碼，鎖定在我們每個人的細胞裏。是的，我們早已告別了狩獵時代，但我們內心始終懷有剪不斷絞不碎的狩獵情結。

從另一個角度說，今天我們許多人仍然與老祖宗一樣，是靠打獵為生的獵人。我們不過是把打獵換了一種說法，叫工作；把狩獵場改了名稱，叫職業場。早晨，我們匆匆起床，或坐地鐵或擠巴士或開私家車趕往工作地點，就好比我們的祖先從草寮茅舍鑽出來趕往有野獸出沒的森林；我們到了公司、機關和企業，與同事合作，在上司的領導下，或者絞盡腦汁去做成一筆生意，或者施展才能去完成某項任務，或者專心致志去生產某件產品，就好比我們的祖先與夥伴一起，在獵王的指揮下，發現並追逐某個獵物；傍晚，我們拖著疲憊的身體，帶著薪酬回到家裏，就好比我們的祖先將獲得的獵物帶回家去。

現代狩獵場，獵物就叫金錢。

是的，我們今天的工作場所，已經沒有硝煙，但同樣有體力的角鬥和智慧的較量，競爭的號角時時在我們耳畔吹響，仍然需要勇敢、忠誠、拚搏、團結、互助、信賴組合成的狩獵精神。從這個意義上説，人類永遠生活在狩獵場，我們每個人都是新型獵手。

我想，這大概就是這組「熱帶雨林狩獵系列」受讀者青睞的內在原因。

２０１０年2月3日改於上海

目次

序

作家與作品

誘雉受馴記

我當年在西雙版納插隊（註）的寨子叫曼廣弄，寨子背後有一座山叫戞洛山。戞洛山盛產松雉。肉質細膩肥嫩的松雉是餐桌上的野味珍品，價錢賣得很俏，是曼廣弄寨村民們一項很走紅的副業。但松雉生活在齊人高的斑茅草叢中，待在密不透風的灌木林裡，不肯輕易出來，且生性機敏，不會像草雞那樣被幾粒穀米引誘而鑽進獵人的捕獸鐵夾或金絲活扣裡來，因此，捕捉的難度很高。但兩足行走的人畢竟比松雉聰明得多，總想得出辦法來降伏這種美麗的野禽。也不知從哪一代獵人開始，發明了誘捕法。就是將一隻雄松雉作爲誘子，用雄松雉身上的氣味和叫聲把隱藏在草叢和灌木裡的雌松雉勾引出來；或者把在這塊地盤上稱王稱霸的另一隻雄松雉激怒出來爭鬥，獵人趁機把那些因愛情

或因嫉妒而喪失警覺的松雉們收拾掉。這種捕殺方法效果極佳。但要弄到一隻稱心滿意的誘雉談何容易。有時候，絞盡腦汁費了好大的功夫逮到一隻活的雄松雉，但野性太強，根本不聽從獵人的調教，在竹籠子裡不吃也不喝，數日後鬱鬱死去；也有性子更暴烈的，一刻不停地用爪、喙和翅膀撞擊竹籠企圖逃出樊籬，數小時後便會衰竭而亡。偶爾有那麼一兩隻脾氣溫順肯待在竹籠子裡活下的，卻又像被閹割了似的缺乏雄性光彩，活像隻兩性雉，或者說是陰陽雉，既引不起雌松雉的幽會興趣，也引不起雄松雉的爭鬥慾望。

曼廣弄寨的眾多獵手中，只有波農丁能源源不斷地調教出合格的誘雉來。

波農丁是個五十多歲的老頭，五短身材，五官奇小，和身材普遍長得英俊的其他山寨男子相比，像一件縮了水的咖啡色棉襯衫，形象很難讓人恭維。波農丁雖然相貌欠佳，經他的手調教出來的誘雉卻隻隻上品，平時根本不用關在竹籠子裡，也不剪翅膀，任牠們自由自在地在院子裡和家雞一起生活；在誘捕場上，這些誘雉表現也十分出色，不斷招引同類前來送死，很少有讓主人空手而歸的時候。

我插隊的第二年，也想養一隻誘雉，就拎著三葫蘆烈性包穀酒到波農丁家，請他幫忙。波農丁揭開葫蘆蓋聞了聞，誇了聲好酒，就轉身從竹樓上抱來一只竹籠，塞在我手裡說：「算你運氣好，我剛好逮著一隻小松雉，就算換你三葫蘆酒吧！」

我一看，籠子裡關著一隻雄性小松雉，小傢伙的翅膀還沒長齊，頸羽淺藍，嘴喙嫩黃，兩隻麻栗色的瞳仁裡一片稚氣。我說：「牠這麼小，能做誘雉嗎？」

「一隻好誘雉，都是從小就開始培養的。好比捏著一棵樹苗，容易彎曲，樹長粗了，你就扳不彎嘍！來，我教你怎麼調教牠。唔，我已經一整天沒餵牠吃東西了。」波農丁說著，把竹籠搬到院子中央，拉開竹門。

小松雉確實已餓得頭暈眼花了，唧唧怪叫，一放出竹籠，牠就急不可耐地想覓食充飢，但掃得乾乾淨淨的場院裡連一條小蟲也找不到。這時，波農丁手

裡捏著一把金燦燦香噴噴的穀粒，在小松雉嘴喙底下晃了晃，小松雉的飢餓感被撩撥到了極限，拚命追隨波農丁；波農丁扔下三兩粒穀子，便轉移一個位置，一會兒逗引牠爬上樓梯，一會兒逗引牠在門檻上跳來跳去，一會兒逗引牠繞著火塘轉圈。

「唔，牠想不餓死，就得跟著我。」波農丁得意地說：「你就用我剛才的辦法訓練牠，直到牠翅膀上長出硬羽爲止。唔，你千萬要記住，什麼時候都別餵飽牠！」

我一絲不苟地照波農丁的話去做，我很快發現這種飢餓威脅下的馴化方式十分見效，幾天以後，小松雉就忘掉了野外覓食的習性，一看見我就唧唧唧唧討食吃，一打開籠門就黏著我的影子滿世界追。在牠的眼裡，我就是上帝，就是牠溫飽的唯一源泉。這種依附於人類生存的習慣，發展下去，將迫使牠忠實地爲我賣命，不惜以犧牲同類的生命爲代價。我還發現，波農丁叮囑我的什麼時候都別餵飽牠這句話非常非常的重要，永遠讓牠處於飢餓狀態，牠的整個心思都集中在吃食上，就不可能再去想飛出竹籠追求自由這樣沒名堂的事了。

二十天後，我見小松雉翼羽已逐漸豐滿，兩隻翅膀上色彩斑斕，快能飛了，就帶著牠又去找波農丁。一見面我就自豪地說：「波農丁，我已把牠訓練得快變成我的影子了，怎麼樣，我可以帶牠去誘捕松雉了吧？」

「不不，還差得遠呢！」波農丁頭搖得像只撥浪鼓，「就好比你們城裡人讀書分小學、中學和大學一樣，牠現在還只是小學畢業呢。唔，你想想，牠現在因爲飢餓才跟著你的，一旦牠到山林，吃到螞蚱、蚯蚓什麼的，你手裡的穀米就再也吸引不了牠嘍，牠也就會棄你而去，遠走高飛。」

「那我下一步該如何馴化牠呢？」

「唔，你再去買兩隻和牠差不多大小的雄松雉來。要那種翅膀剛剛長齊，想飛還飛不起的貨。」

敢情誘雉上中學，還要有陪讀的。

翌日晨，我帶著已經小學畢業的誘雉和兩隻陪讀生，走進波農丁的籬笆

牆。院子東西兩端的角落，蹲著一黃一黑兩條獵犬。波農丁讓我先把小誘雉從竹籠裡放出來，餵牠一把穀米。果然不出波農丁所料，小誘雉一吃飽肚子，就變得不安分起來，新奇地打量籬笆牆外的樹叢，探頭探腦，思想開小差，想溜了。

波農丁朝兩條獵狗打了個唿哨。

兩條獵狗虎視眈眈地盯著小誘雉。小誘雉剛向東面走出幾步，黃狗就惡狠狠地衝牠咆哮，嚇得牠轉身逃回我的腳跟前來。黃狗配合默契地停止了咆哮。

「唔，牠每次逃回你身邊來，你都要抱抱牠，用手捋捋牠背上的羽毛。」波農丁認真地教導我說。

我明白他的意思，是要我用一種親暱的動作，讓小誘雉每次受到威脅和驚嚇後，感受到我的溫暖，體驗到待在我身邊的安全感。強烈的反差對比，使這種溫暖和安全感變得格外明顯。

過了一會，小誘雉控制不了活潑好動的天性，也禁不住花花綠綠的外面世界的誘惑，又試探著向西跳躍出去。訓練有素的黑狗立刻從喉嚨深處發出一聲低嚎，齜牙咧嘴地竄上來，又把小誘雉嚇回我身邊來了。

如此這般反覆了許多次，小誘雉似乎已慢慢適應了兩條獵狗窮凶極惡的威脅。牠雖然還往我身邊逃，但受驚嚇的程度大大減弱。兩條獵狗雖然可怕地朝牠吠叫，卻從沒眞的咬牠，牠感覺不到被咬的眞正痛苦，害怕便大打折扣。或許牠認爲橫在牠面前的不過是兩隻紙老虎，不，應該說是兩隻紙糊的獵狗，只會嚇唬嚇唬牠。牠的骨頭癢癢了，膽子也放大了，竟然退到離我腳還有半米遠的距離就不再退。

「唔，該動眞格的了。」波農丁說：「殺盡牠身上的野氣。」

他讓我把一隻陪讀生從竹籠裡捉出來，放在小誘雉身旁，然後用一根小白布條拴在陪讀生的脖頸上，這是給獵狗一個訊號，表示繫了小白布條的任憑牠們宰割。

陪讀生從未和人親近過，身上的野氣比小誘雉重得多了，雙爪一沾地，便

心急火燎地往竹籬笆外衝，想脫離苦海，回到空氣清新的山野去。小誘雉見身邊有個志同道合的伴，膽氣也壯了，緊跟在陪讀生屁股後頭，想衝破獵狗的封鎖。黃狗從東邊竄過來，一口咬掉了陪讀生的一隻腳爪。陪讀生喊爹哭娘，拚命拍搧翅膀，歪歪扭扭飛了起來，可惜牠翼羽還沒長豐滿，就像一只沒做好的風箏，怎麼也飛不高。黑狗從西邊撲過來，輕輕一躍，一口叼住陪讀生的一隻翅膀。可憐的陪讀生，唧唧唧唧急叫著，在狗嘴裡徒勞地掙扎。院子裡渲染開一種恐怖的氣氛。黃狗靈活地一扭腰，叼住了陪讀生的另一隻翅膀，隨著一串淒涼的哀叫聲，陪讀生被活活撕成兩半，兩條獵狗呼嚕呼嚕貪婪地嚼咬陪讀生的五臟六腑。

小誘雉嚇壞了，掉過頭來，逃到我身邊，一頭扎進我的懷，比情人還扎得深。

這是一種強迫親近，被死亡逼出來的依戀。

過了兩天，這幕陪綁式的悲喜劇又重演了一次。從此以後，小誘雉徹底

斬斷了想要返歸山林的念頭，把牠放出竹籠，便抖抖索索地黏在我的腳跟，踢牠轟牠牠都不願離開。波農丁偏偏挑小誘雉翅膀長齊了，但還沒有長硬；想飛還飛不起來的時候，對牠進行恐怖主義的強化訓導，是很叫絕的一招；對松雉來說，這是性格的定型期，好比少年正在跨越成人的門檻，對外在世界十分神往，又知之甚少；在這個身心發育最關鍵的定型階段，在這個生命旅程最重要的轉折關口，來這麼一下子，小誘雉便形成了一種固定的思維方式：陌生的世界充滿凶險，天上地下到處都是魔鬼，死亡隨時可能發生，只有待在我的身邊才是安全的。

我不僅是牠唯一的食物源，還是牠唯一的安全島。

「唔，中學畢業了，該升大學了。」波農丁喜孜孜地說。

大學的課程比中學簡單一些，卻更爲殘忍。在小誘雉會飛了後，波農丁讓我用極細的透明的尼龍絲編織了一只大網罩，把誘雉罩在裡面，每當誘雉想衝破網罩，我便按照波農丁的吩咐，用一根長長的鋼針，在誘雉胸脯上狠狠刺一針；誘雉疼痛哀叫，我謹記波農丁的教導，從不心慈手軟；大約是誘雉的智商太低的緣故吧，胸脯上挨了幾百針，仍不醒悟，我遵從波農丁的教誨，以極大的耐心和毅力堅持不懈地舉起鋼針扎呀扎，有時一天就要在誘雉胸脯上扎二、三十針，羽毛都被血弄濕了。終於，誘雉產生了條件反射，待在尼龍網的中央不敢動彈，就是大聲吆喝驅趕，牠都不敢再去觸動網罩上的尼龍網。於是，波農丁讓我把網罩取掉，誘雉仍然表現得如同被罩在網裡一樣。牠弄不清透明的尼龍網究竟是否還存在著。牠已徹底喪失了自由的意識。

「嘿嘿，」波農丁眨動著綠豆小眼，狡黠地笑著說：「一張無形的網永遠罩住了牠的心，牠已經變成一隻地地道道的誘雉了。」我覺得波農丁既像是政治家，又像是哲學家。

幸虧他只是山寨一位普通的獵人，倘若他去做小學校長，或者被推舉爲聯合國教科文組織的主席，很難設想人類被他「教育」成什麼模樣。

但，不管怎麼說，我總算是成功地馴化了一隻誘雉。

（註）插隊：即在一九六九—一九七九年間，大陸城市裡的中學生被送到邊遠農村去當農民。

誘雉之死

天空還掛著一鈎殘月，我就順著被野獸踩踏出來的牛毛細路鑽進戛洛山的黑石溝。沉重的濕淋淋的山霧落在我眉梢上，化作一層細細的小水珠，順著睫毛滾落下來。黎明前的山野一片岑寂，黑石溝兩旁平緩的山坡上密不透風的灌木林裡偶然傳來幾聲飛禽走獸夢囈般的叫聲。我知道，灌木林裡有我所渴望得到的松雉。

天亮了。遠處的山寨裡傳來茶花雞司晨的啼叫。我在潺潺流淌的山泉旁找了一塊便於觀察和射擊的位置，把從波農丁那裡借來的一支老掉牙的火銃擱在一棵樹墩上，取下背上那只編織精巧的竹籠子，打開門扣，把我和波農丁共同精心調教出來的那隻誘雉抱到被一縷陽光照亮的空地上。

這眞是一隻絕頂漂亮的松雉，堪稱誘雉中的精品，牠身上那股山林的野性早已被消蝕得乾乾淨淨，但在外表上，卻仍然保持著非凡的雄性氣概；牠腹部的絨毛像一朵緋紅的雲霞，脊背上的五彩羽毛光滑如綢緞；那虎紋狀的尾羽高高翹起，腿上肌腱飽滿，身上籠罩著一層金色的陽光；牠雖然像我一樣也是第一次到黑石溝來狩獵，卻顯得老練而瀟灑，一會兒用琥珀色的嘴喙梳理被霧嵐弄潮的羽毛，一會兒啄啄草葉上蹦達的螞蚱，表現出一種儒雅的紳士風度。

我朝牠打了個響亮的唿哨，示意誘捕開始。牠輕輕抖了抖脖頸，豔紅得像火焰似的頸毛膨脹開來，得意揚揚地挺起胸脯，喔咯咯——咿，喔咯咯——咿，吐出一串高亢嘹亮的鳴叫；這叫聲顯得粗野橫蠻，充滿雄性的挑戰，被徐徐晨風吹送著，被乳白霧嵐繚繞著，在山坳裡回響。

我屏住呼吸，緊張地觀察著四周的動靜。起先，只聽到霧嵐摩擦草葉發出的柔曼的聲響，過了一會，靠右邊不遠的那片茅草窸窸窣窣無風自動，在一片翠綠中猛地露出一隻色彩斑斕的松雉的腦袋，我一眼就看清這隻松雉頭頂上有一塊火焰似的雞冠，也就是說，那是一隻雄松雉。好極了，我端起槍來，只要牠再朝前走二十步，牠就算走到人類的餐桌上來了。

雄松雉用仇恨和驚恐不安的混合眼神朝誘雉望了一眼，立刻又縮回頭去，躲進茂密的草叢。

誘雉不慌不忙再次蓬鬆開頸毛，喔——咯——咿，喔——咯——咿，啼叫起來。這叫聲的旋律與節奏和先前的明顯不同，乾澀而尖厲，短促而刻板，像是強者對弱者的嘲笑和調侃，又像是居高臨下的咒罵，總之，是一種自命不凡的雄性對不堪一擊的對手發出的唾棄聲。這眞是絕妙的激將法，我想，假定此刻有一隻漂亮的雌松雉正癡情地依偎在被挑釁的雄松雉身旁，這叫聲一定會使牠對自己的愛侶感到極度失望，從而使愛情動搖，任何有點血性的雄性動物都會不堪忍受這種輕蔑和侮辱。

果然，右側的茅草叢中傳出一串雄松雉悲壯的鳴叫，聽起來有點像烈士奔赴刑場前在呼口號。隨著叫聲，牠挺著胸器宇軒昂地鑽出草叢，搧動著翅膀，

連跑帶飛撲向誘雉。

這是一隻長相瘦削單薄的雄松雉，個頭比誘雉小了一圈。牠在距離誘雉兩米遠的地方停了下來，那圈金黃色的頸毛怒張著，兩隻強勁有力的爪子刨得草葉紛飛沙土高揚，那對像油玉一樣黃褐色的瞳仁裡射出兩道刻毒的光，那架式，恨不得把誘雉一口活吞了下去。

誘雉迎上去，雙方嘴喙幾乎觸碰到嘴喙了，便不約而同停下腳步，半張開翅膀，縮緊身上的羽毛，擺出臨戰前的靜止姿態，活像一座動感極強的雕塑。

我知道，這是最佳的射擊時機。我食指壓住扳機，穩穩往下用力。突然，鬼知道是怎麼回事，我腦子裡冒出一個荒唐的念頭，很想看看兩雄相鬥的結局。我也知道這種爭鬥毫無意義，誘雉不是鬥雞，誘雉能把松雉從隱蔽的角落引誘出來暴露在我的槍口下，就算出色地完成了使命；爭雄鬥勇不是誘雉的職責。說不清是一種什麼心理，我極想看到誘雉不但有引誘同類誤入陷阱的高強本領，在弱肉強食的叢林生存競爭中，也不乏雄性價值。

雄松雉尾羽一甩，嘴殼朝誘雉的雞冠啄來。來勢並不兇猛，動作也較遲鈍，看得出來，這是一種試探性的出擊。我期待我的誘雉能以此爲契機，轉守爲攻。但我想錯了，誘雉驚慌地扭開腦袋，眼光突然轉向我埋伏的位置，咯咯——喔，咯咯——喔，吐出一串叫聲；這叫聲既是在埋怨，又是在呼救；牠埋怨我沒抓住開槍時機，牠希望我能把牠從兩雄相爭的危險境地中拯救出來。

我明白了，這是一隻徒具雄性外殼的傢伙。

雄松雉抓住誘雉扭頭躲閃的時機，猛地一拍翅膀，凌空躍起，居高臨下撲到誘雉身上，尖厲的爪子抓住誘雉的翅膀，彎鈎形的嘴喙朝誘雉的腦殼猛啄。在這充滿野性的攻擊下，誘雉失去了抵抗能力，全身癱軟，蹲在地上，發出絕望的哀叫。

誘雉身上的羽毛被一根根啄了下來，像五彩碎屑在天空飄舞。

要是我再不開槍的話，雄松雉很快就會把誘雉身上的全部羽毛都啄個精光，啄爛大紅雞冠，啄瞎那對雞眼，啄開雞膛……這可是我花了不少錢和許多

心血才好不容意培訓出來的寶貝呀！我端起火銃重新瞄準。雄松雉大概是被勝利陶醉了，站在誘雉背上引吭高歌，喔咯咯——喔——咯，向躲藏在岩石背後或草叢深處的雌松雉們報捷。誘雉趁機從雄松雉的鐵爪下掙脫出來，飛快逃向我埋伏的地方。我趕緊扣動了扳機。

訇然一聲巨響，山谷清新的天空飄起一縷青煙。

雄松雉被鉛彈和強大的氣流推到一棵樹椿上，掙扎著拍搧了兩下翅膀便不動了，只有那兩隻玻璃似的眼珠還圓睜著，凝固著一種驚奇的表情。

我把雄松雉塞進背囊後，誘雉偏仄臉，把一隻雉眼朝向天空，凝視了一會藍天白雲和火紅的太陽，似乎是要從生機盎然的天空得到某種神祕啓示，汲取某種超凡的力量。接著，牠抖擻脖頸上的羽毛，對著太陽，吐出一串圓潤悅耳的鳴叫。喔——咯咯，喔——咯咯，帶著太陽的溫情和白雲的輕佻，使叫聲平添了許多陽剛美和雄性美。這充滿雄性誘惑的啼叫聲具有一種極強的穿透力，可以傳播到山坳每一叢斑茅草和每一個最隱蔽的角落。

哦，牠是在召喚剛才被我打死的雄松雉的遺孀。這眞是一隻被魔鬼教唆出來的誘雉！

過了一會，在幾塊怪石錯落並被幾株野紫荊遮斷視線的一個隱祕的旮旯，飛出一隻松雉，朝誘雉所在的位置悠悠飛來，飛到離誘雉五、六十公尺遠的亂石背後，又不見了。但我已看清，這隻松雉腦袋上沒有火焰似的雞冠，也就是說，那是一隻雌松雉！果然，亂石堆背後傳來雌松雉柔和的咕咕聲，像是在召喚誘雉前去幽會。

我有點擔心誘雉會禁不起異性的引誘，爲愛情而叛逃，但我很快發現自己的擔心是多餘的，誘雉沒有表現出雄性動物在雌性動物面前通常有的那種激動，牠平靜地站在原地，朝雌松雉躲藏的亂石堆十分賣力地吐出一串又一串色情味很濃的啼鳴。

雌松雉禁不起誘雉長時間的引誘，頻頻從亂石堆後面伸出腦袋，好奇地窺望著誘雉。

誘雉的胸脯挺得更高，脖子朝天空一伸一縮，驕傲得彷彿要和太陽比高低；牠發出更加柔和的啼叫，每叫一聲便向雌松雉飛遞一個秋波；牠舒展翅膀，瀟灑地撲搧著，搧出一團團帶著腥臊味的雄風，朝亂石堆吹去；牠是在向異性傳播牠的氣味。突然，誘雉猛地甩動頭頂高聳的雞冠，縱身躍起，爪子有力地朝前搏擊，嘴喙閃電般在空中啄咬了幾下，做出一個兩雄爭鬥時的典型動作；動作並不完全是實戰型的，而是被誇張了，被藝術化了。既顯示出牠銳不可當的戰鬥風範，又展露了牠的體態和在激烈運動時彩羽炫目的光亮。

表演得恰到好處。不愧是位出色的性格演員！

雌松雉被誘雉超一流的表演陶醉了，羞羞答答暈暈乎乎從亂石堆後面鑽出來。

這是一隻年輕的雌松雉，嘴殼黃嫩嫩，眼睛亮得像兩塊水晶玻璃。沒有雄松雉絢麗多彩高高翹起的尾羽，一身麻栗色的羽毛顯得有點單調。與眾不同的是，牠溫柔的胸脯上有一圈細細的桃紅色的羽毛，宛如掛著一條項鍊。牠剛才

還是被誘雉誘殺的雄松雉的配偶，現在卻要奔向誘雉了；對牠來說，投入勝利者的懷抱是很正常的，這符合弱肉強食的叢林法則。

雌松雉來到誘雉兩三步遠的地方，暴露在我獵槍的準星和缺口下。我又一次抑制了自己開槍的慾望，我很想看看誘雉是如何誘捕異性的。

雌松雉貼近誘雉了。雌松雉顯得端莊而又嫻靜，不慌不忙地啄食草皮上的小蟲，咯咯咯柔順地輕叫著。我發現誘雉神態變得反常，不斷朝我埋伏的方向張望，那眼光頗複雜，說不清是在盼望我早點開槍，還是在哀求我不要射擊。過了一會，誘雉見我沒什麼動靜，便大著膽子圍著雌松雉轉圈，撐開並垂下一隻翅膀，歪著脖子兩隻爪子在草皮上急劇地抓刨著，做出一種典型的求偶動作。

我突然想起波農丁的警告。波農丁再三說過，可以給誘雉吃噴香的糯穀，可以讓誘雉自由地在樹林裡散步，可以親牠愛牠，也可以恨牠踢牠，但有一點必須絕對禁止，就是不能讓牠與雌松雉交尾。波農丁解釋說，所有的動物和人一樣，都是「色膽包天」！假如不慎讓誘雉品嘗了禁果，牠就不肯再死心塌地爲主人賣命了。交尾的甜頭會使牠回想起早已生疏了的叢林生活，使牠萌發叛逃的念頭。

波農丁和野生動物打了半輩子交道，熟識生命的弱點。

我急忙將黑森森槍口指向雌松雉，可是已經晚了，誘雉一搧翅膀跳到了雌松雉的背上，琥珀色的嘴喙與其說叼住還不如說是銜住雌松雉肉質很強的雞冠，隨著一陣和諧的顫抖，誘雉完成了交尾動作。

唉，我在心裡嘆了口氣，心想，我這隻好不容易精心培育出來的寶貴的誘雉算是報廢了！

誘雉從雌松雉背上跳了下來。雌松雉抖了抖凌亂的羽毛，轉身朝樹林跑去，走了幾步，回頭咯咯叫兩聲，呼喚誘雉跟牠到自由廣闊的叢林裡去。

我想，誘雉會鋌而走險跟著雌松雉走的。可我又一次猜錯了。誘雉望望快走到樹林邊緣的雌松雉，突然撲過去，用尖硬的嘴喙，一口啄住雌松雉的雞冠，用強壯的身軀將雌松雉按倒在地。這絕不是調情式的嬉戲，也不是交尾時的纏綿，而是像兩隻雄松雉打架鬥毆時的粗暴的征服。當雌松雉掙扎著想站起來時，誘雉曲起雙腿，在雌松雉的胸脯上猛力一蹬，雌松雉被蹬出兩步遠，倒在地上，痙攣著，哀叫著，一時爬不起來了。誘雉扭轉身體，往旁邊的空地猛地一躥，迅速從雌松雉身邊逃離開，一個勁朝我伏擊的地方啼叫起來。我明白，誘雉是在提醒和催促我開槍。

我像被強迫灌了兩瓶劣質燒酒似的腦袋暈乎得厲害，恍然間，我覺得誘雉變成舌頭拖出兩尺長的面目猙獰的魔鬼；牠是沒有靈性的木偶，是人類的傀儡，是用卑鄙、陰險、狡詐、醜陋等材料製作的怪物；牠是用鱷魚淚、蟾蜍皮、孔雀膽、毒蛇涎、蠍子精調和成的一隻生命的毒瘤。我反胃惡心，想嘔吐。我咬著牙扣動了扳機。火銃劇烈地顫抖了一下，發出訇然巨響。誘雉倒在血泊中，鉛彈剛好打在誘雉的腦殼上，把紅珊瑚似的雞冠都炸飛了。

我把精心馴化出來的誘雉打死了，我把自己的小銀行給毀了！

大青猴

老程在曼廣弄寨子算得上是個人物。他長得牛高馬大，粗蠶眉，三角眼，高顴骨，大下巴，一副凶相。他的心腸也確實特別硬，愛做一些殘忍的事，例如捉到一條蛇，別人一般都是先用竹棍把蛇的七寸打斷，然後再剝皮破膛，可他卻喜歡將活蛇的尾巴用釘子釘在樹幹上，蛇倒懸在半空，他用匕首在蛇尾畫個圈，然後像脫連衣裙似的把整張蛇皮剝下來，蛇還沒死，雪白的身體慢慢滲出一顆一顆殷紅的血珠，在空中痛苦地扭動，他便站在旁邊露出滿口大金牙嘿嘿地笑。再比如殺狗，人家都是先把狗的雙眼蒙上，然後出其不意地用沉甸甸的鐵刀木棍猛敲狗的鼻梁，一下就把狗打昏了，再把昏迷不醒的狗吊在樹上吊死，盡量減少家狗臨死前的痛苦；老程殺狗卻別出心裁，先用繩子將狗的四條腿綁結實，然後一把揪住狗的後脖頸，扔進一口水燒得沸騰的大鐵鍋裡；狗在鐵鍋裡狂蹦亂跳，躥出幾米高，水花四濺，鬼哭狼嗥，別人都背過身去捂住耳朵不忍心看也不忍心聽，他卻看得津津有味，兩眼放光，似乎從狗的垂死掙扎中得到了極大的快感和滿足。

老程是方圓百里數一數二的好獵手，扛著一支半自動步槍，進得山去，極少有空手回來的時候。他的槍法特別準，能一槍把正在飛翔的斑鳩從空中打掉下來，膽子也奇大，敢隻身一人去掏熊窩，因此在打獵的圈子裡頗有點名聲。

有一次，我和老程結伴一起進山狩獵，我們用長刀在密不透風的灌木叢裡劈出一條路來，鑽進陰暗潮濕的熱帶雨林。走到流沙河邊，我們看見在一棵幾圍粗的野酸莢樹上，有一群猴子攀爬在樹冠上吃野酸莢；成年猴子約有半個人高，體毛灰褐，胸腹部色澤泛青，拖著一根長長的尾巴；這種猴子學名叫獼猴，也叫恆河猴，我插隊地方的老百姓管牠叫大青猴。這群猴子大大小小約有二、三十隻，在樹上互相追逐搶食，喧嘩吵鬧。老程舉槍瞄準，只聽「砰」地一聲響，有一隻猴子像枚熟透的果子，從樹枝上掉了下來。

猴群像陣無形的風，眨眼間便不知去向。

「嘿嘿！」老程從灌木叢裡鑽出來，得意地笑著說：「走，撿猴肉去。」

我倆拔腿奔向酸茭樹。

酸茭樹下，長著一片茂盛的巨蕉，這是一種藤本植物，葉大如長形澡盆，下暴雨時許多小動物都喜歡躲到巨蕉下面來，好像撐著一把傘。

我們快走攏巨蕉葉時，發現靠近樹根下那兩片巨蕉葉沙沙沙抖得厲害，還聽到粗濁的喘息聲。老程打了個手勢，示意我停下來，他重新上了子彈，平端著槍，將長長的槍管伸過去，唰地一下撥開樹根下那兩片巨蕉葉。

一隻猴子赫然暴露在我們眼前。牠躺在地上，沒有死，眼皮還在眨動，嘴角還在抽搐。牠一隻左前爪捂住右胸，爪指間滲出汪汪的血；老程那一槍正打在牠的右胸，穿了一個洞。見到我們，牠嘴裡「咿哩嗚嚕」地叫著，害怕得渾身顫抖，兩條後腿拚命踢蹬著，想掙扎逃跑，但牠受了很重的槍傷，大概從樹

梢跌下來時又把腿跌斷了，白費了許多力氣，連站也沒能站起來。牠今天是在劫難逃了，當然也沒力氣反抗。

老程臉上帶著微笑，平端著槍，一步一步走到猴子面前，烏黑閃亮的槍管差不多快碰到猴子的身體了。我看見，猴子停止了徒勞的掙扎，仰起身，背靠著酸茭樹幹，慢慢地坐直起來。這時，我才看清楚，這是一隻年輕的母猴，披散著褐色的長髮，肩膀圓潤，胸部挺起，像兩只倒扣的碗；粉紅色的臉龐上眉清目秀，長得還挺俏的。老程仍然微笑著，槍管伸到猴臉一寸遠的地方，黑洞洞的槍口先是對著母猴的鼻子，又移到母猴的眉心，再移到母猴的嘴唇，這傢伙，大概是拿不定主意該先崩掉猴鼻還是該先打瞎猴眼，也有可能是要用這種近距離慢慢移動槍口的辦法來嚇唬這隻倒楣的母猴，讓牠表現夠臨死前的絕望和驚恐，玩玩貓捉老鼠的把戲，從中獲得某種樂趣。

「老程，你快補上一槍吧！」我央求道。那隻母猴躺在地上時，我的感覺還是個動物，牠靠著樹幹坐起來後，那形狀，那五官，那神態，我總覺得有點

像人，我心理上有點承受不了。

老程右手扣住扳機的食指在慢慢往下壓力，我不忍心看著猴頭被子彈炸飛，便扭過頭，視線從母猴的臉移到老程的臉，等待那聲槍響。可我等了好一會兒，卻沒聽到什麼動靜，倒發現老程臉上像被塗了一層漿糊，那生動的微笑凝固了，僵硬了，發霉了，變餿了，死板板的，比哭還難受。我好生奇怪，轉回頭去看，不看不知道，一看嚇一跳，那隻母猴清亮的大眼睛直勾勾盯著老程，臉上絕望和驚恐的表情消失了，取而代之的是一種虔誠與莊重的神態；牠鬆開捂住右胸彈洞的那隻左前爪，帶血的爪子慢慢地、輕輕地、堅決地把黑洞洞的槍口從自己臉部向左移去。

我發現，烏黑閃亮的槍管好像害了瘧疾似的，在簌簌發抖，大冷天的，老程額頭卻沁出一層黃豆大汗。

不知爲什麼，我心裡也莫名其妙地恐慌起來。

年輕的母猴用帶血的左前爪把槍管移開後，另一隻右前爪爪掌向前展開，伸到我們面前，拚命搖擺。牠的眼光淒淒楚楚，配上那隻平展的爪掌左右搖擺的姿勢，構成了一種明白無誤的手語，一讀就懂，是在向我們乞求不要再傷害牠。牠的兩片厚厚的大嘴唇囁嚅著，斷斷續續發出幾個我們無法聽懂的音節，不難猜出是在用猴子特殊的語言在向我們表達牠的痛苦並向我們告饒。

這分明是人的動作！人的手勢！人的表情！人的神態！我頭皮發麻，緊張得連氣都快喘不過來了。

老程臉色慘白，端著槍的那雙手不停地哆嗦著，兩隻眼睛驚駭地鼓了出來，彷彿隨時都有可能從三角形的眼眶裡掉出來；他一步步朝後退卻，隨著母猴那隻爪掌搖擺的幅度加大節奏加快，他退卻的步子也加大加快。退到我們射擊的那片灌木林前，他突然扔掉那支步槍，轉身狂奔起來。我受他的情緒感染，也莫名其妙地跟著他一起逃。逃出布郎山峽谷，我實在跑不動了，就在後面扯著嗓子叫：「老程，老程，停一停，停一停！」但他好像聾了似的，根本沒反應，仍腳步踉蹌，喪魂落魄地朝曼廣弄寨子逃去。

事隔二十多年了，我至今仍弄不明白那隻受了重傷的母猴怎麼會想到用類似人類搖手的姿勢向我們搖擺牠那隻爪掌的？或許人和猴血緣很近，同屬靈長類動物，習慣用同樣的手勢，心靈之間也有一種神祕的感應。關於獼猴會不會使用類似人類搖手這樣一種動作表示不要的問題，我後來請教過好幾位動物學家，有的說既然關在動物園裡的猴子都會平攤開爪掌向遊客討食吃，也就會搖動爪掌表示不要；有的說還沒有哪本文獻上說到過猴子有這樣的手語功能。

至今仍是我心頭一個陰沉沉的謎。

老程逃回寨子後，大病了一場，先是發高燒，燒著燒著就中風了，落下個半身不遂的病根，再也沒法打獵了。寨子裡的老人說，老程殺性太重，心腸忒狠，這是山神在懲罰他。而老程在高燒燒得神志不清時，也確實反覆說著這樣一句譫語：「山神附體在母猴身上了，我傷了山神了！」

最堅硬的往往也是最脆弱的。

而我，從此以後見到猴子就會心跳加劇，無端地緊張起來。

再被狐狸騙一次

我從上海下放到西雙版納當知青的第三天，就被狐狸騙了一次。

那天，我到勐混鎮趕集，買了隻七斤重的大閹雞，準備晚上熬雞湯喝。黃昏，我獨自提著雞，踏著落日餘暉，沿著布滿野獸足跡的古河道回曼廣弄寨子。古河道冷僻清靜，見不到人影。拐過一道灣，突然，我看見前面十幾步遠的一塊亂石灘上有一隻狐狸正在垂死掙扎。牠口吐白沫，絨毛忞張，肩胛抽搐，似乎中了毒。見到我，牠驚慌地站起來想逃命，但剛站起來又虛弱地摔倒了；那摔倒的姿勢逼眞得無瑕可擊，直挺挺栽倒在地，咕咚一聲響，後腦勺重重砸在鵝卵石上。牠四仰八叉躺在地上，眉眼間那塊蝴蝶狀白斑痛苦地扭曲著，絕望地望著我。我看得很清楚，那是隻成年公狐，體毛厚密，色澤豔麗，

像塊大紅色的金緞子。我情不自禁地產生一種前去擒捉的欲望和衝動。那張珍貴的狐皮實在讓我眼饞，不撿白不撿，貪小便宜的心理人人都有。再說，空手活捉一隻狐狸，也能使我將來有了兒子後在兒子面前假充英雄有了吹噓的資本，何樂而不爲？

我將手中的大閹雞擱在身旁一棵野芭蕉樹下，閹雞用細麻繩綁著腿和翅膀，跑不動飛不掉的。然後，我解下褲帶綰成圈，朝那隻還在苟延殘喘的狐狸走去。捉一隻奄奄一息的狐狸，等於甕中捉鱉，太容易了，我想。我走到亂石灘，舉起褲帶圈剛要往狐狸的脖頸套去，突然，狐狸「活了」過來了，一挺腰，麻利地翻起身，一溜煙從我的眼皮下竄出去。這簡直是驚屍還魂，我嚇了一大跳。就在這時，背後傳來雞恐懼的啼叫，我趕緊扭頭望去，目瞪口呆。一隻肚皮上吊著幾只乳房的黑耳朵母狐狸正在野芭蕉樹下咬我的大閹雞，大閹雞被捆得結結實實，喪失了任何反抗和逃跑的能力，對狐狸來說，肯定比鑽到籠子裡捉雞更方便。我彎腰想揀塊石頭扔過去，但已經晚了，母狐狸叼住雞脖

子，大踏步朝乾涸的古河道對岸奔跑而去。而那隻詐死的公狐狸兜了個圈，在對岸與偷雞的母狐勝利會合，一個叼雞頭，一個叼雞腿，並肩而行。牠們快跑進樹林時，公狐還轉身朝我擠了擠眼，那條紅白相間很別致的尾巴怪模怪樣地朝我甩搖了兩下，也不知是在道歉還是在致謝。

我傻了眼，啼笑皆非。我想撿狐狸的便宜，卻不料被狐狸撿了便宜！

我垂頭喪氣地回到寨子，把路上的遭遇告訴了村長，村長哈哈大笑說：「這鬼狐狸，看你臉蛋白淨，穿著文雅，曉得你是剛從城裡來的學生娃，才敢玩聲東擊西的把戲來騙你的。」我聽了心裡極不是滋味，除了失財的懊喪、受騙的惱怒外，還體味到一種被誰小瞧了的憤懣。

數月後的一天早晨，我到古河道去砍柴，在一棵枯倒的大樹前，我聞到了一股狐騷臭。我用柴刀撥開蒿草，突然，一隻狐狸嗖地一聲從樹根下一個幽深的洞裡竄出來，吱溜從我腳跟前逃過去。紅白相間的大尾巴，眉眼間有塊蝴蝶狀白斑，不就是用詐死的手段騙走了我的大閹雞的公狐狸嗎？

這傢伙逃到離我二十幾米遠的地方，突然像被藤蔓絆住了腿一樣，重重跌了一跤，像只皮球似地打了好幾個滾，面朝著我，狐嘴歪咧，𠯿𠯿抽著冷氣，好像腰疼得受不了了。牠轉身欲逃，剛走了一步，便大聲哀嚚起來，看來是傷著了後腿，身體東倒西歪站不穩，一條後腿高高吊起，在原地轉著圈。那模樣，彷彿只要我提著柴刀走過去，很容易也很輕鬆地就能剁下牠的腦袋。

我一眼就看穿牠是故技重演，要引誘我前去捉牠；只要我一走近牠，牠立刻就會腰也不疼了，腿也不瘸了，比兔子還逃得快。想讓我第二次上同樣的當，簡直是癡心妄想！我想，公狐狸又在用同樣的方式對我行騙，目的很明顯，是要騙我離開樹根下的洞，這洞肯定就是狐狸的巢穴，母狐狸十有八九還待在洞裡頭。我猜測，和上次一樣，公狐狸用「裝死」的辦法把我騙過去，母狐狸就會背著我完成騙子的勾當。我手裡沒提著大閹雞，也沒其他吃的東西，牠們究竟要騙我什麼，我還不清楚，但有一點是確鑿無疑的，牠們絕對是配合默契地想再騙我一次。此時此刻，我偏不去追公狐狸，讓騙子看著自己的騙術

流產，讓牠體味失敗的痛苦，豈不是很有趣的一種報復。

我冷笑一聲，非但不去追公狐狸，還朝樹洞逼近了兩步，舉起雪亮的柴刀，守候在洞口，只要母狐狸一伸出腦袋，我就眼疾手快地一刀砍下去，來牠個斬首示眾！一隻閹雞換一張狐皮，賺多了。

背後的公狐狸瘸得愈發厲害，叫得也愈發悲哀，嘴角吐出一團團白沫，還歪歪扭扭地朝我靠近了好幾米。我仍然不理牠。哼，別說你現在只是瘸了一條腿，只是口吐白沫，就是四條腿全都瘸了，就是翻起白眼仰躺在地上一動不動，也休想讓我再次上當。過了一會，公狐狸大概明白牠的拙劣的騙術騙不了我，就把那隻吊起來的後腿放了下來，彎曲的腰也挺直了，也不再痛苦地轉圈。牠蹲在地上，怔怔地望著我，眼光悲哀，呦——呦——尖尖的狐嘴裡發出凄厲的嚚叫，顯得憂心如焚。

焦急吧，失望吧，那是你自找的。你以爲臉皮白淨的城裡來的學生娃就那麼好騙嗎？看你以後還敢不敢小瞧像我這樣的知識青年！

公狐狸蹲在離我十幾米遠的草叢裡，我舉著柴刀蹲在樹洞口，那隻母狐狸蜷縮在幽深的樹洞裡，我們就這樣僵持了約十幾分鐘。

突然，公狐狸聲嘶力竭地嚎了一聲，縱身一躍，向一棵小樹撞去。牠撲躍的姿勢和平常不一樣，四隻爪子緊緊地勾在肚子上，頭部暴露在前；咚的一聲，牠的半張臉撞在小樹的樹幹上，一隻耳朵豁開了，右臉從眼皮到下巴被粗糙的樹皮擦得血肉模糊。牠站起來，又一口咬住自己的前腿彎，猛烈抖動身體，嗞的一聲，前腳內側和胸脯上被牠活活撕下一塊巴掌大的皮來。皮沒有完全咬下來，垂掛在牠的胸前，晃來盪去，殷紅的血從傷口漫出來，把那塊皮浸染得赤紅，像面迎風招展的小紅旗，那副樣子既滑稽又可怕。

這隻公狐狸，準是瘋了，我想。我的視線被牠瘋狂的行爲吸引住，忽視了樹洞裡的動靜；只聽見嗖的一聲，一條紅色的身影趁我不備從樹洞裡竄出來。我驚醒過來，一刀砍下去自然是砍了個空；我懊惱地望去，果然是那隻母狐狸，嘴裡叼著一團粉紅色的東西，急急忙忙在向土丘背後的灌木叢奔逃。公狐

狸跟我玩了個苦肉計，我又上當了！

母狐狸躥上土丘頂，停頓了一下，把那團粉紅色的東西輕輕吐在地上，這時我才看清原來是隻小狐狸。小傢伙大概還沒滿月，身上只長了一層稀薄的絨毛，像只泡在霧裡的小太陽，在地上蠕動著。母狐狸換了個位置又叼起小狐狸，很快消失在密不透風的灌木叢裡。

哦，樹洞裡藏著一窩小狐狸呢！爲證實自己的猜想，我趴在地上，將耳朵伸進洞口仔細諦聽，裡頭果然有唧唧咿咿的吵鬧聲。我不知道樹洞裡究竟有幾隻小狐狸，狐狸一胎最少生三隻，最多可生七隻，通常一般生四、五隻。小傢伙們本來是鑽在母狐狸溫暖的懷抱裡的，母狐狸突然離去，牠們感覺到了恐懼與寒冷，所以在用尖細的嗓子不停地叫喚，向牠們的母親討取安全和溫暖。

在我將耳朵伸進樹洞的當兒，公狐狸呦歐呦歐叫得又急又狠，拚命蹦跳著，不斷地用爪子撕臉上和胸脯上的傷口，弄得滿身都是血，連眉眼間那塊白斑都給染紅了，那張臉活像京劇裡的刀馬旦。

我明白，公狐狸是要把我的注意力吸引到牠身上去。我自己也不知道爲什麼，心裡頭堵得慌，有點不忍心再繼續趴在樹洞口，就站了起來。公狐狸這才稍稍安靜了些。唉，可憐天下父母心啊！

這時，土丘背後的灌木叢裡，傳來母狐狸呦兒——呦兒——的叫聲，那叫聲尖厲高亢，沉鬱有力，含有某種命令的意味。我看見，公狐狸支楞起耳朵，凝神諦聽著，抬起臉來，目光沉重，莊嚴地望望天上的白雲和太陽，突然，牠舉起一隻前腿，將膝蓋塞進自己的嘴，用力咬下去。我雖然隔著十幾米，也清晰地聽到骨頭被牙齒咬碎的咔嚓咔嚓聲，我覺得這是世界上最有害的噪音，聽得我渾身起雞皮疙瘩。不一會，那條前腿便被咬脫了骱，皮肉還相連著，那截小腿在空中晃蕩，就像絲連著的一塊藕。牠好像還怕我不相信牠會把自己的腿咬斷似的，再次叼住那截已經折斷了的小腿，用力撕扯，牠的身體因爲用力過猛而笨拙地旋轉著，轉了兩圈後，那截小腿終於被牠像拆零件似地拆下來了，露出白森森的腿骨，血噴射性地溢出來，把牠面前的一片青草都淋濕了。牠用

一種期待的渴望的懇求的眼光望著我，一瘸一拐地往後逃卻，似乎在跟我說：瞧，我真的受了重傷，我真的逃不快了，我真的很容易就會被你捉住的，來追我吧，快來追我吧！

我心裡明白，公狐狸現在所做的一切，從本質上講仍然是一種騙術，牠用殘忍的自戕騙我離開樹洞，好讓母狐狸一隻一隻把小狐狸轉移到安全的灌木叢去。但面對這種騙術，我雖然能識破，卻無力抗拒。我覺得我站立的樹洞前變得像只滾燙的油鍋，變得像只令人窒息的蒸籠，我是一秒鐘也待不下去了。我想，我只有立刻接受心臟移植手術，將我十七歲的少年的心，換成七十歲的老翁的心，或許還能面帶冷靜的微笑繼續舉著柴刀守在樹洞口。我覺得有一股強大的力量在推著我，使我不得不舉步向公狐狸追去。

公狐狸步履踉蹌，一路逃，一路滴著血，逃得十分艱難。好幾次，我都可以一刀腰斬了牠，可我自己也說不清是一種什麼原因，刀刃幾乎要碰到公狐狸時，我的手腕總是不由自主地朝旁邊歪斜，砍在草地上。

公狐狸痛苦地哀囂著，掙扎著，頑強地朝與樹洞背離的方向奔逃，我緊跟在牠的後面。我再沒有回頭去看樹洞，不用看我也知道，此時此刻，母狐狸正緊張地在轉移牠們的小寶貝……

終於，灌木叢中傳來母狐狸悠悠的囂叫聲，聲調平緩，猶如寄出了一封報平安的信，公狐狸臉上露出了欣慰的表情，牠調整了一下姿勢，昂起頭挺起腰，似乎要結束這場引誘我追擊的遊戲，刹那間「活」過來，飛也似地竄進灌木叢去與母狐狸和小狐狸們團聚。我也希望公狐狸能狡黠地朝我眨眨眼睛，搖甩那條紅白相間的大尾巴，然後一溜煙地消失得無影無蹤。可是，牠只做了個要躥跳的樣子，突然栽倒在地，再也沒能爬起來。牠的血流得太多了，牠死了。

災之犬

這是一條很漂亮的獵狗，黑白相間的毛色，勻稱的身段，長長的腿，奔跑起來快疾如風；名字也起得很響亮，叫花鷹，意思是像鷹一樣敏捷勇猛。花鷹原先的主人是曼廣弄寨子的老獵人艾香宰，但自從收養了花鷹，艾香宰家裡就禍事不斷。先是大兒子上山砍樹，被順山倒的樹砸斷了一條腿；過了不久，小兒子用石碓舂火藥，火藥自己炸響了，炸瞎了小兒子的一隻眼睛；再後來是艾香宰帶著花鷹上山狩獵，瞧見一隻狗熊從五公尺遠的草窠裡鑽出來，他端起獵槍瞄準狗熊最致命的耳根部位開了一槍，勾嗒，臭子兒，沒打響，狗熊聽到動靜猛撲上來，艾香宰扔掉獵槍趕緊爬樹，一隻腳後跟連同鞋子被狗熊咬了去。

連續出了幾件事，艾香宰全家惶惶然，便從山裡請了位巫師來跳神，那巫

師一進院子，就指著拴在房柱上的花鷹說：「這條狗身上的陰氣很重，會給主人家招災惹禍。唔，牠眼睛裡整天淌黑淚呢！」艾香宰當即把花鷹拉過來，撩開牠臉頰上的白毛，果然發現在白的毛叢裡，藏著幾撮短黑毛，斷斷續續，從眼皮掛到嘴吻。艾香宰的小兒子掄起一根栗木棍就要朝狗鼻梁敲去，被巫師擋住，巫師很鄭重地說：「這狗殺不得，誰殺了牠，牠身上的陰氣就像一棵樹一樣栽在誰家，禍根就扎在誰家，只能是賣掉或者送掉。」

於是，艾香宰放出口風，誰給十塊錢，就可以把狗牽走。十塊錢只能買一隻雞，一隻雞換一條獵狗，簡直跟白撿了似的。可是，寨子裡的老百姓已曉得這是條不吉利的狗，再便宜也無人問津。

我是知識青年，不相信神神鬼鬼的事，我想，花鷹本來就是一條黑毛白毛混雜的花狗，白臉上有幾根黑毛，是很正常的，什麼黑淚，純屬迷信。我那時已對打獵感興趣，極想養一條獵狗，但獵狗身價金貴，我辛辛苦苦種一年田，還抵不上一條中等水平的獵狗，因爲囊中羞澀，想養條獵狗的心願一直未能實現，現在有這等便宜，豈肯錯過。我掏了十塊錢，把狗牽了回來。

我用金竹在我小木屋的屋檐下搭了一個狗棚，裡面鋪一層柔軟的稻草，並用兩節龍竹做成一個食槽一個水槽，吊在狗棚門口，給花鷹布置了一個新「家」。花鷹對這個新家頗爲滿意，一會兒鑽進去在稻草堆裡打幾個滾，一會兒鑽出來在我面前使勁搖牠的黑尾巴，上下左右全方位地搖，像朵盛開的墨菊。牠和我好像前世有緣似的，幾天工夫，就成了心心相印的朋友。每天早晨，太陽在壩子對面青翠的山峰上露出一點紅，牠就用爪子來扒我小木屋的門，準時把我從睡夢中叫醒；白天，我無論上山砍柴還是下田犁地，牠都像影子似地跟隨著我；有時，牠也會找寨子裡其他狗玩，但只要我一叫牠的名字，牠立刻會撇下牠的玩伴旋風般地奔回我身邊。有一次，我感冒發燒，躺在床上不想吃東西，牠從垃圾堆裡刨了一根肉骨頭，把牠認爲最好吃的東西送到我的床邊，可惜，我沒法享用牠的慷慨。

晚稻收割完了，大田裡，金黃的稻浪變成一片寂寞的穀茬，農閒是狩獵

的好季節，我帶著花鷹上山打野兔，不知怎麼搞的，在跳躍一條只有半米寬的小溪時，腳脖子突然扭了一下，當即腫了起來，疼得不能沾地，拄著枴棍好不容易才回到寨子，敷了半個月的草藥才見好轉。我又帶著花鷹到老林子裡去埋捕獸鐵夾，想捉幾隻肉質細嫩的豪豬，到市集換點零用錢。我剛把捕獸鐵夾埋進布滿野獸足跡的小路上，鐵夾上的插鞘自動脫離，我躲閃不及，砰的一聲，鐵杆重重砸下來，砸在我手背上，手背上立刻蒸起一只烏血饅頭，一個月不能捏筷子。連續兩次意外，我心裡未免發毛，回想起巫師所說的流黑淚的話，心想，莫非花鷹身上果眞帶著陰氣，讓我倒楣？我信仰唯物主義，但不是個堅定的唯物主義者，天曉得這世界上究竟有沒有鬼。我想，我應當採取一點防範措施，就用剪子把花鷹白臉上那幾小撮黑毛剪了個乾淨。黑色倒是沒有了，但被剪去的地方露出紅色的皮肉，一點一點嵌在雪白的毛叢裡，黑淚變成了紅淚，紅淚，不就是血淚嗎？凶兆加碼，鬼氣上升，我心裡更彆扭得慌。這時，又發生了一件叫我魂飛魄散的事。那天夜裡，我到鄰寨的知青點找人聊天，半夜才帶著花鷹啓身回家，沿著昆洛公路走了一半，突然，花鷹咆哮起來，岔進一條小路朝山坡奔去，我以爲牠發現了什麼值錢的獵物了，便興匆匆地跟在後面。天上沒有月亮，星光朦朧，能見度很低，我高一腳低一腳走得暈頭轉向，花鷹突然停止了吠叫，奔回我腳跟邊，狗嘴裡叼著個什麼東西，白白的，圓圓的，我彎腰從狗嘴裡接過來，湊到鼻子下一看，差點驚厥得心臟停止跳動。我捧在手裡的是一只骷髏！空空的頭顱裡燃燒著一層綠色的磷光，從嘴洞、鼻洞和眼洞裡噴吐出來；我再瞪大眼睛四下一瞧，東一個土堆，西一塊石碑，我正置身在一片亂墳崗裡呢！我歇斯底里地大叫一聲，扔了骷髏，轉身就逃……

這時，我開始相信，花鷹身上確實裹著一團陰森森的鬼氣。我想，我雖然只是個生活在社會最底層的農民，卑微低賤，但這條命總比狗要值錢些吧，保自己的命還是保這條狗，當然是保自己的命。我降價五元想把花鷹處理掉，仍沒人肯要；殺又殺不得，賣又賣不脫，只好扔掉。

俗話說，攆不走的狗，餵不馴的狼，想要扔掉一條忠誠的獵狗，並不是一件容易的事。開始，我把屋檐下的狗棚拆了，把花鷹掏出家去，可牠仍從籬笆洞鑽進來，躺在狗棚的舊址上，氣勢洶洶地朝我汪汪吠叫，好像在責問我：「你幹嘛要拆掉我的窩？」眞是個十足無賴，你是我花錢買來的，我有權要你還是不要你！驅逐出家門行不通，就把你送到森林裡去當野狗。我用塊布蒙住牠的眼，借了輛自行車，一口氣騎了十幾公里，又爬了兩座山，扯了根藤子把牠拴在荒山溝的一棵小樹上，然後不等牠咬斷脖子上的藤子，我就迅速騎著自行車回家。但第三天傍晚，我正在水井旁洗臉，猛然聽到村口傳來一串熟悉的狗叫聲；接著，牠像只足球一樣滾到我面前，狗眼裡閃爍著久別重逢的驚喜，激動得叫聲都有點喑啞了，拚命朝我懷裡撲，伸出長長的舌頭，要來舔我的臉。我火冒三丈，飛起一腳朝牠的腹部踢去，這一腳踢得很重，砰的一聲，牠像只被鏟中的足球，哀哀嚎叫著，滴溜溜滾出去，掙扎了好半天，才勉強站起來，身體朝左側彎曲成三十度的弧形，怎麼也伸不直了，痛苦地在原地旋著圈。顯然，我踢斷了牠的肋骨，我有點於心不忍，可轉念一想，不來點毒辣，怎能擺脫牠的糾纏？我狠狠心，凶神惡煞地衝過去，抬起腳來裝著要再踢牠的樣子，牠夾起尾巴，傷心地嗚咽著，逃進竹林去了。

我鬆了一口氣，心想，牠被我像打冤家似的打成傷殘，大概會變愛爲恨，再也不會來煩我了。可我想錯了，牠並沒因爲被我踢斷肋骨而捨得離開我。我只要一出門，就會看見牠像個幽靈似地出現在我的視界內；牠不敢撲到我的懷裡來，也不再敢走到我的面前來，牠總是在離我三、四十米遠的地方，彎曲著身體，賊頭賊腦地窺探。我只要一看牠，牠就使勁搖尾巴，如泣如訴地汪汪叫，目光充滿了委屈，弄得我心煩意亂，有一種被鬼纏住了的害怕和惱怒。我連最後一點憐憫之情都沒有了，忍無可忍，滋生了一種想要徹底了結這件事的念頭。

那天，我用芭蕉葉包了幾坨香茅草烤牛肉，來到寨子後山的百丈崖上，懸崖極陡，連猴子都無法攀援，絕壁上長著一些帶刺的紫荊。不用說，花鷹還鬼鬼祟祟地跟在我後面。我用柔和的聲調叫道：「花鷹，過來；花鷹，過來！」

牠毫不戒備地從灌木背後竄出來，汪汪叫著，跑到我面前。牠尾巴搖得比紡車還快，狗眼裡一片晶瑩的淚花，激動得渾身都在顫抖。這笨蛋，以爲我眞的要和牠重修友情呢！我看見牠狗毛上黏滿了樹脂草漿，斑斑駁駁，活像條癩皮狗，肚皮空癟癟的，怕是好幾天沒吃到一頓飽飯了。這倒給我的計畫創造了有利條件。我掏出一塊牛肉，濃郁的香味瀰漫開來，花鷹興奮得朝我拿牛肉的手亂撲亂跳。我躲閃著，慢慢向懸崖邊緣移動；不知道是因爲我的態度突然變得親切使牠高興得忘乎所以，還是食物的香味刺激得牠無暇去觀察地形，牠在離懸崖一尺遠的地方還無所顧忌地蹦跳著。我用身體擋住牠的視線，推開手掌，用牛肉又在牠鼻吻前逗弄了兩下，然後突然將牛肉向懸崖外面拋出去，隨即橫跨一步，閃出一片空曠。花鷹縱身一躍，向空中那塊牛肉咬去，牠倒是準確地叼住了牛肉，可身體已完全衝出了懸崖。這時，牠才意識到自己處境危險，急旋狗腰，想退落到懸崖上來，但已經晚了，牠像塊掉進水裡的石頭一樣，從懸崖上沉了下去。

唔，老天可以作證，不是我把牠推下去的，我對我自己說，是牠自己不小心摔下去的，不是謀殺，是意外事故！這樣我就沒有責任不用內疚，當然也就不必擔心牠的身上的陰氣在牠死後會像一棵樹一樣栽在我身上，扎根在我家。

我等著聽物體墜地的訇然聲響，可我聽到的卻是狗的哀叫聲。我趴在懸崖上，小心翼翼地伸出頭去一看，哦，花鷹並沒墜進百丈深淵，牠只掉下去一米，就被一叢紫荊擋住了。牠身體躺在帶刺的紫荊裡，四隻爪子艱難地摳住岩壁，嘴咬住一根紫荊條，見我的臉從懸崖上伸出來，喉嚨裡發出咿咿嗚嗚的哀叫，眼睛裡泛起一片乞憐的光，這種時候了，還不忘記朝我搖甩那條黑尾巴。我知道，牠這是在向我求救，我只要伸下一隻手去，就可把牠從絕境中救出來，但我沒這樣去做。

我觀察了一下，紫荊悠悠晃晃，承受不了牠的重量，牠咬著紫荊條摳著岩壁，也不可能堅持多久，遲早是要摔下去的。我放心地站起來，拍拍身上的灰，回寨子去了。

我沒想到狗的生存能力這麼強，當天下午，我從流沙河釣魚回來，一進寨子的龍巴門，就撞見了花鷹。牠渾身被紫荊撕扯得傷痕累累，血幾乎把身上的狗毛全染紅了，狗嘴豁開一個大口子，含著一團血沫。我不知道牠是怎麼死裡逃生的，也許是用嘴叼著紫荊條，忍受著倒刺撕爛口腔的疼痛，一點一點從絕壁爬到緩坡去的；也許是像坐多級滑梯一樣從上面這叢紫荊滑到下面那叢紫荊終於滑出百丈深淵。我沒興趣考察牠的歷險記，只擔心牠還會來纏我。但這一次牠學乖了，也知趣了，看見我，不再搖尾巴，也不再柔聲吠叫，一扭頭鑽進水溝，躲得遠遠的。這以後，牠不再像幽靈似地跟在我身後了，也不再跑到我的屋檐下來了，有時偶然在田邊地角相遇，牠也只用一種十分複雜的眼光多看我一眼，就識相地離去。

謝天謝地，我總算擺脫了牠的糾纏。

半個月後的一天中午，我到流沙河去游泳，四周不見人影，靜悄悄的。我游進一片蘆葦，忽然聽見蘆葦叢裡嚓喇喇一陣響，一條兩丈來長的印度鱷，

張著巨嘴，朝我游來。我趕緊掉頭向岸上游。印度鱷雖然身體龐大，在水裡卻異常靈活，又扁又長的尾巴像支巨槳，輕輕一划，就像支箭一樣竄了上來，離我只有十來公尺遠了。我還泡在河中央呢。我急了，一面奮力划動雙臂，一面大呼救命。要命的是，這裡離寨子有一公里多，我嗓門再大別人也聽不見。我想，我馬上就會被該死的印度鱷銜住一條腿，拖進河底的淤泥裡悶死，然後被大卸八塊呑進鱷魚的肚子去，明年的今天就是我的忌日。我絕望地游著，叫著，突然，我聽見一陣熟悉的狗吠聲，抬頭一看，花鷹氣喘喘地出現在河堤上。「花鷹，快來救我！」我趕緊向牠招招手，大叫一聲。牠毫不猶豫地衝下河堤，噗通跳進水裡，迎著我游過來。牠因爲斷了肋骨，游泳的姿勢很彆扭，彎仄著身體，像在跳水中芭蕾，但牠游得十分賣力，四條狗腿拚命踩水，很快就來到我的身邊。牠好像從來沒有和我鬧過什麼不愉快，好像彼此之間從未產生過隔閡，貼到我的身上，黑尾巴從水裡豎起來，朝我搖了搖，用圓潤的聲音汪汪叫了兩聲，似乎在說：「主人，你別怕，我來了！」然後，牠轉過身去，衝著印度鱷發出一串猛烈的咆哮，似乎在說：「你這個壞傢伙，有我在，你甭想傷害我主人的一根毫毛！」花鷹爲我擋住了印度鱷，爲我擋住了凶惡的死神。

我爬到岸上，才敢回頭去看，但已經什麼也看不見了；茂密的蘆葦遮斷了我的視線，只聽到蘆葦深處傳來狗的吠叫聲和撕咬聲，傳來鱷魚尾巴的攪水聲和泥浪的翻捲聲……。

我回到寨子，立刻動手在我的屋檐下搭狗棚。我要用草藥接好花鷹被我踢斷的肋骨，用香皀洗去黏在牠身上的樹脂草漿，煨一鍋紅燒牛肉滋補牠虛弱的身體，從此以後，我再也不會讓牠離開我了，我想。我把狗棚蓋得特別寬敞，大得連我都能鑽進去睡。我覺得我應該和花鷹顚倒一下位置，我只配做一條狗，而牠，完全有資格做一個人。

我守在新蓋的狗棚前，等著我的花鷹歸來。

和烏鴉做鄰居

喜鵲和烏鴉雖然同屬鳥綱中雀形目的鴉科，從分類學上說屬於血緣相近的親戚，但名聲卻有天壤之別。人們把喜鵲視為吉祥鳥，童謠裡就有喜鵲叫喜來到的說法，還把喜鵲登枝比喻喜事臨門。說到烏鴉，大家就禁不住要皺眉頭了。小時候奶奶就經常告誡我說，你出門遇見烏鴉，趕緊往自己的腳後跟吐口水，不然的話，烏鴉朝你叫一聲，你就會碰到倒楣事，朝你叫三聲，家裡就會死人的。我聽了毛骨悚然，幼小的心靈養成了一個根深柢固的看法：烏鴉是一種不吉利的鳥，主凶兆。

幸好我在上海活到十六歲，從沒見過烏鴉。

沒想到我到西雙版納曼廣弄寨子插隊落戶，竟和烏鴉做了鄰居。

在我住的茅草房左側約二十多公尺遠的水塘邊，有一棵枝繁葉茂的菩提樹，每年的六月到翌年的二月，一大群烏鴉便會占據老菩提樹，華蓋似的巨大樹冠成爲烏鴉的大本營，數目多得數不清。當牠們集體停棲在枝椏間時，就像掛著一嘟嚕一嘟嚕的黑果子，把樹枝都壓彎了。

烏鴉眞是一種讓人討厭的鳥，天下烏鴉一般黑這句成語確實有道理，所有的烏鴉除了眼珠子是褐黃外，都全身漆黑。黑色不一定就不漂亮，例如喜鵲從頭到尾包括兩隻翅膀也是黑色的，但黑得油亮，在腹部那片白毛的襯托下，通體閃閃發光，令人賞心悅目。而我屋前的那些大嘴烏鴉，卻像忘了上釉的黑陶罐，沒有光澤，烏黑烏黑，黑得死氣沉沉，令人聯想到墓地和靈堂的顏色。尤其到了黃昏，暮鴉歸巢，一樹的烏鴉呱呱呱亂叫，嗓門嘶啞粗俗，聲調淒涼悲愴，配上蒼茫的天色，思鄉的愁緒，讓人聽得心情煩躁，眞以爲世界末日就要來臨了。

難怪烏鴉還有一個諢名叫「黑老鴰」。

開始時，我還恪守奶奶的教誨，見著烏鴉趕緊扭過身來朝自己的腳後跟吐口水，但沒幾天，我就放棄了這種可以消災祛邪的祕訣。烏鴉那麼多，離我那麼近，每時每刻都要看到老鴰黑色的身影，聽到老鴰刺耳的叫聲，我得一天到晚不停地吐口水，哪有那麼多口水好吐呀。

與烏鴉爲鄰，還有許多倒楣事呢。烏鴉會偷東西，而且專偷圓形的亮晶晶的在太陽底下會閃閃發光的東西，什麼玻璃珠子、乒乓球、女孩子的項鍊、耳環、戒指等等，連我蚊帳鉤上的塑膠墜子，都被牠們叼去了，好像牠們天生對這類物品有收藏癖。有一次，我在院子裡釘一件襯衣的鈕扣，忘了拿剪刀，便進房間去取；當我返回院子時，正巧看見一隻烏鴉飛落到石桌上，叼起我針線盒裡的一串五顏六色的鈕扣。因爲距離近，我看得很清楚，這隻烏鴉比一般的烏鴉要大一些，從嘴喙到尾尖大約有五十公分長，而普通烏鴉身長四十公分左右；與眾不同的是，這隻烏鴉頭頂有一撮高聳的冠毛，像戴了頂黑色的禮帽，顯然，這是一隻身體強壯的老烏鴉，此後我就一直叫牠高帽子。牠見我跨出門檻，在石桌上輕盈地一蹬，展翅就要飛走，我豈肯輕饒了小偷，眼疾手快，嗖的一聲將手中的剪刀擲過去，不偏不倚刺中牠的肩胛，牠呱的慘叫一聲，銜在嘴裡的那串鈕扣掉了下來，一隻翅膀半斂，一隻翅膀搖曳，像隻漩渦中的小舢舨，在半空中滴溜溜旋轉，飄落下好幾根黑色的羽毛。我跑過去彎腰撿起剪刀，想再接再厲，把這隻可惡的烏鴉打落下來，但當我直起腰來時，高帽子已經從第一次打擊中回過神來，急遽地搧動翅膀，歪歪扭扭地飛升上去，終於飛到菩提樹梢，鑽進葉叢裡不見了。

哼，嘗嘗我的厲害，看你們還敢不敢和我搗亂！

我只得意了兩天，就再也得意不起來了。

第三天傍晚，我穿過菩提樹到水塘去洗澡，聽見空中傳來呱哇——呱哇——的叫聲，抬頭一看，是高帽子，正平穩地在我頭頂繞圈。突然，牠長長的尾巴往上一翹，又往下一闔，撒下一串小黑點，落在我的頭髮上，我用手一摸，熱呼呼濕漉漉，有一股難聞的腥臭味……媽呀，這隻爛烏鴉在往我頭上拉

屎呢！看來，牠是養好了傷以後，蓄意來向我報仇的。

這時，高帽子一掠翅膀，斜刺向天空，呱啊咕——呱啊咕——叫起來，這叫聲和我以往聽到的烏鴉叫聲迥然不同，三個音節緊湊連貫，尾音拖得很長，聽起來有一種吹響了戰鬥號角的意味。霎時間，菩提樹上飛起七八隻烏鴉，一路縱隊，像編排有序的轟炸機群，向我俯衝下來，七八泡糞便，在我四周開花。我急忙撿起石頭想還擊，還沒扔出去呢，在旁邊盤旋的高帽子就咿——呀——咿——呀——叫喚起來，彷彿在說：「弟兄們，注意了，這個人手上有石頭！」立刻，那七八隻排泄完了的烏鴉一個漂亮的翻飛動作，升上天空，我手裡的石頭連根烏鴉毛也沒能打下來。這時，高帽子又呱啊咕叫起來，和上一次不同的是，尾音縮短了，並稍稍有點變調，準確地說應該是呱啊咕呦。隨著叫聲，又一隊烏鴉排成一字形，從牠們的飛行基地出發；這一次，牠們不再朝我俯衝投「彈」，而是在與樹梢平行的位置朝我噴糞，命中率雖然差一些，但我手裡的石頭對牠們絲毫構不成威脅。我氣壞了，跑到村長家借了一把金竹弩，高帽子一見，又發出一種不同音調和頻率的叫聲，咿——呀哇—歐，咿——呀哇——歐，分明是在說：「危險，這個人手裡拿著金竹弩，千萬別飛下去！」烏鴉們飛到更高的天空，繼續用糞便對我進行地毯式轟炸，別說弩箭了，就是鳥槍也休想把牠們打下來。

看來，高帽子是這群烏鴉的王，成功地指揮了這場糞便之戰。牠們有翅膀，可以居高臨下往我頭上拉屎，我沒特異功能，就算站在屋頂上高高撅起屁股，也沒法像開高射炮似地把糞便噴到天上去回敬牠們，我只好抱頭鼠竄，逃回宿舍。

我滿頭滿臉都是烏鴉糞便，費了兩塊香皂洗了三次澡，還沒能洗淨身上那股穢氣。一連好幾天，我都要用一只臉盆倒扣在頭頂，像古代武士戴起了頭盔，才敢出門。

半個月後的一天中午，我到水塘去淘米洗菜，成年烏鴉都飛出去覓食了，菩提樹上只留下一些出殼兩個多月羽毛還沒豐滿的雛鳥，不時從枯枝和稻草

編織的鳥巢裡伸出毛茸茸的腦袋，發出呱嘰呱嘰難聽的聲音。突然，天空投下一片濃黑的陰影，傳來翅膀震動的聲響，啁哩嘰，啁哩嘰，灑下一串嘹亮的鳥鳴。我抬頭一看，眼睛不由得一亮，一群紅嘴藍鵲，正往菩提樹飛來。紅嘴藍鵲是喜鵲的一個近親，美得讓孔雀都會嫉妒，紫藍色的身體和翼羽，頭頂一撮灰藍，頸部與前胸黑得發亮，橙紅的嘴，橘紅的腳，黑白相間特長的尾羽，如彩帶在隨風飄揚。這群紅嘴藍鵲約有二、三十隻，圍著菩提樹繞了三匝，其中有一隻軀體特別強壯嘴喙呈紫紅色的雄鳥鳴叫聲陡然變得粗野，剎那間，這群紅嘴藍鵲縮緊絨毛張開利爪，衝進菩提樹巨傘似的樹冠；立刻，菩提樹上傳來小烏鴉尖厲的慘叫聲，翠綠的菩提樹葉、黑色的烏鴉羽毛和鳥巢裡金色的稻草，紛紛揚揚灑落下來，像下了一場三色雪。

紅嘴藍鵲有攻擊牠鳥的巢、掠食牠鳥的雛和卵的習性。我曉得，此時此刻，這群紅嘴藍鵲正在虐殺小烏鴉。我絲毫也沒有同情和憐憫，恰恰相反，高興得想喝采叫好；我不覺得這是一種殘忍的暴行，我覺得這是美在驅趕醜，正義在鏟除邪惡。我打心眼裡討厭這些醜陋的鄰居，我希望這群紅嘴藍鵲能盡快把留在鳥巢裡的小烏鴉們消滅掉，永久占領這棵菩提樹，做我的新鄰居，天天看見五彩的吉祥鳥，天天聽到婉轉的歌聲，該是一件多麼令人賞心悅目的事啊！

菩提樹上淒厲的叫聲越來越響，整個樹冠變成了屠宰場，那些還沒被紅嘴藍鵲攫抓住的小烏鴉們紛紛從鳥巢鑽出來，不顧一切地從樹上往下跳。牠們稚嫩的翅膀還無法托起牠們的身體在空中飛行，只能做到不筆直掉下來摔死；不知是一種巧合還是有意選擇，小烏鴉們跳下來的方向都朝著我正在淘米洗菜的水塘，牠們拚命搧動翅膀，還是被風吹得歪歪扭扭，斜斜地掉落下來。

我趕緊將淘米用的筐籮倒扣過來，當作臨時鳥籠，很方便地把落在水裡和草叢裡的小烏鴉撿起來，塞進筐籮去，不一會就撿了二十幾隻。嘿嘿，小烏鴉肉質肥嫩，用點青椒蒜泥放在油鍋裡一炒，味道一定好極了，不僅可以大飽口福，還能解恨，雪洗被淋了一身烏鴉糞便的奇恥大辱。

我正興致勃勃的滿地撿小烏鴉，突然聽見天空傳來呱——呱——呱——烏鴉的叫聲，一看，哦，是鴉王高帽子在高空盤旋，發出刺耳的鳴叫。就像聽到了警報一樣，很快，烏鴉從四面八方匯聚而來，形成了聲勢浩大的鴉群。那隻紫紅嘴喙的雄鵲見大勢不妙，長囂一聲，領著紅嘴藍鵲們頭也不回地朝壩子對面的布郎山飛去，牠們飛得極快，不一會就消失得無影無蹤。

我很失望，一場換鄰居的美夢泡湯了。

大烏鴉們在菩提樹冠間出出進進，呱呃，呱呃，淒淒慘慘，悲悲切切，像在開追悼會。這一場飛來橫禍，這群烏鴉的雛鳥少說也減員三分之一。

大烏鴉們一飛回來，被我扣在筐籮底下的小烏鴉呱唧呱唧叫起來，我趕緊脫下衣服，想把筐籮包起來溜回家去，但已經遲了。鴉王高帽子像片黑色的樹葉向我飄來，飄到我的頭頂，呱嘎——叫了一聲，又立刻飛升上去；許多大烏鴉也都學著高帽子的樣，在我頭頂波浪形地起伏飛翔，呱嘎——呱嘎——叫，讓我交出筐籮裡的那些戰利品。我雖然滿心不願意，還是乖乖掀開了筐籮。我

想，上次我只是用剪刀擲傷了高帽子的翅膀，就被淋了一通烏鴉糞便；假如這次當著眾烏鴉的面把這二十幾隻小烏鴉拿回去炒炒當下酒菜，高帽子豈肯輕饒了我，還不把我當成永久性的烏鴉廁所？我總不能爲了圖口福而天天泡在糞缸裡過日子吧。

小烏鴉們在水塘邊的草地上跌跌撞撞，想飛飛不起來，大烏鴉們急得呱呱亂叫。送佛送到西天，做個順水人情，我找了把竹梯，把小烏鴉們送上菩提樹冠。

鴉王高帽子自始至終都在我頭頂盤旋，直到被我扣留的二十幾隻小烏鴉平安回到鳥巢，這才平展雙翼，在我對面做了個漂亮的滑翔動作，掠過我額頭時，右翅膀搖曳了三下，大概是在向我表示感謝吧。

那天下午，我閒著沒事，提著一桿借來的小口徑步槍，獨自爬上布郎山，想打隻豪豬或雉雞什麼的，好弄頓豐盛的晚餐。我的運氣不錯，剛爬到山頂，就看見一隻黃麂站在懸崖邊緣；我一槍打中了牠的脖子，牠咕咚栽倒，四足朝天翻了個身，骨碌骨碌滾下懸崖去。我走到懸崖上往下一看，黃麂滾落下去約二十幾米深，剛好被長在懸崖上的一棵大青樹擋住了。

大青樹是亞熱帶一種生命力極強的樹，種籽無論撒落到哪裡，只要有一坏土，就能蓬蓬勃勃長成一棵參天大樹。西雙版納經常能見到這樣的情景：一隻鳥吞食了一粒大青樹的種籽，隨著鳥糞一起排泄到懸崖上，岩壁的石縫間有一攤從山上沖積成的淤泥，種籽沾著土，被春雨一澆，伸出無數根鬚，像一隻長著千萬根指頭的巨手，掘開堅硬的岩石，抓住山的靈魂，在陡峭的懸崖上巍然屹立，變成一棵傲視蒼穹的大樹，龐大的樹冠緊緊貼在絕壁上，就像凌空建築的一座綠色亭樹。

那隻死黃麂就橫掛在緊靠岩壁的樹梢上。我仔細觀察了一下地形，這段山壁雖然陡，卻不是那種平滑的絕壁，而是突兀出一塊塊粗糙的岩石，有稜有角的石頭就像一把石梯，通向大青樹。

我把小口徑步槍和佩掛在腰間的長刀解下來，空著身往懸崖下爬。我好不

容易打到一隻黃麂，總不能白白扔在懸崖上餵禿鷲吧？黃麂肉細嫩鮮美，是上等山珍哩。

我很順利地下到和黃麂平行的位置，右腳向大青樹的樹冠伸去，想尋找一個支點，踩穩後將身體傾斜過去，就可把一步之遙的黃麂拉過來。這棵大青樹的葉子特別茂盛，又寬又大的葉子遮斷了我的視線，我感覺到我的腳尖踢到一個柔軟的東西，又一踩，傳來輕微的什麼東西炸碎的聲響。我用腳尖撩開樹葉一看，哦，是個鳥窩，裡頭有四隻比雞蛋略小一點的鳥蛋，已經被我踩碎了，變成一堆蛋糊。我剛把黃麂抓到手，突然，大青樹下一層的枝椏間撲棱棱飛出幾十隻鳥來，五彩繽紛的身體，黑白相間的長長的尾羽，哦，是紅嘴藍鵲。領頭的那隻雄鳥嘴喙呈半透明的紫紅色，哦，就是一個星期前襲擊我們前那棵菩提樹上的烏鴉鳥巢的那群紅嘴藍鵲！

我們曾經相識，還差點做了鄰居呢。

紫紅嘴喙戈呀——戈呀——發出尖銳的囂叫聲，長長的尾羽像舵似地一擺，飛快朝我俯衝下來，尖利的鳥爪在我右手臂上抓了一下，我的手臂疼得像泡進了熱油鍋，一哆嗦，手裡的黃麂掉了，像片黃葉，墜進深淵，好幾秒鐘後，幾十丈深的懸崖下才傳來物體砸地的訇然聲響。

紅嘴藍鵲們亂紛紛飛到我的頭頂和背後，在我身邊撲騰著，憤怒地喧囂著，對我亂抓亂啄。這些美麗的鳥，心腸卻並不善良，好像知道我一鬆手或者一腳踩滑就會像黃麂一樣從絕壁上摔下去摔成肉餅，專門抓我的手臂和大腿，很快，我的褲腿和袖管被撕得稀巴爛，手臂和大腿上像爬滿了蚯蚓似的暴起一條條血痕。

最可惡的是紫紅嘴喙，飛到我頭頂，尖尖的嘴喙專啄我的眼睛，大有要把我的眼珠子啄出來當玻璃珠子玩的架式，我嚇得趕緊把臉埋進臂彎。我在筆陡的懸崖上爬行，關鍵是要看清並選準每一步的落腳點，稍一差池，就會一失足成千古恨。現在紫紅嘴喙不讓我抬頭看，我只好像條可憐的蜥蜴，貼在絕壁上，一步都不敢動，忍受著鳥群的攻擊。

我高聲呻吟著，咒罵著，卻又無可奈何。

很快，我大汗淋漓，四肢虛軟，傷口火燒火燎般地疼，快支持不住了。

就在這時，我突然聽見呱啊——呱啊——天空響起一片我十分熟悉的烏鴉的叫聲，立刻，紅嘴藍鵲們放鬆了對我的攻擊，紫紅嘴喙也飛離了我的肩頭，我趕緊咬緊牙關攀住石縫爬上懸崖。

果然是高帽子統率的鴉群在和紅嘴藍鵲激烈鏖戰。顯然，烏鴉們是來找紅嘴藍鵲報仇的。

開始時，我看見高帽子只帶著五、六十隻烏鴉，在大青樹邊緣飛來竄去，紫紅嘴喙帶著六、七十隻紅嘴藍鵲朝那群烏鴉猛撲過去。紅嘴藍鵲的身體要比烏鴉大許多，數量又占著優勢，烏鴉們抵擋不住，轉身就逃，紅嘴藍鵲氣勢洶洶地在後面尾隨追擊。飛出離大青樹約幾百米遠，突然，高帽子像隻黑色的火箭，從鴉群鑽出來，筆直升上高空，一面飛升一面發出呱嘀呀——呱嘀呀——的長鳴。隨著高帽子的飄升和獨特的叫聲，我看見，離這群紅嘴藍鵲巢穴——

大青樹約一百多米的一道山灣背後突然飛出一大群烏鴉，像開閘放出來的一股黑色洪流，順風疾行，轉眼間已撲到大青樹上，立刻，傳來鳥巢被撕碎，鳥蛋滾落到枝椏上被砸碎的聲響。正在天空追逐高帽子的紅嘴藍鵲們軍心大亂，紛紛掉轉頭來，要來救自己的窩和卵。高帽子在高空一斂翅膀像顆黑色的流星筆直落下來，快落到紅嘴藍鵲群時，才唰地展開雙翼，貼著紫紅嘴喙的脊背飛過去，呱哦——叫了一聲，在紫紅嘴喙的背上狠狠抓了一把，抓落了好幾根藍色羽毛。就好像發布了一道簡潔的命令，正在逃跑的鴉群突然掉轉頭來，殺了個回馬槍；紅嘴藍鵲無心戀戰，急急忙忙往大青樹飛來，還沒等牠們飛回巢穴，那群烏鴉伏兵已經掃蕩完大青樹上幾十只鳥窩，然後，形成密集的隊形，迎著紅嘴藍鵲飛過去。紅嘴藍鵲不僅數量上占了劣勢，被搗毀了老巢，心理上也占了劣勢，亂得像鍋粥，四散飛逃。高帽子帶領五、六隻大烏鴉盯著紫紅嘴喙窮追不捨，牠一定懂得擒賊先擒王的道理，幾隻烏鴉團團圍住紫紅嘴喙，一陣混戰，紫紅嘴喙頭頂和背上的毛幾乎被拔光了，雙翼也被啄得像把破扇子，在空

中一沉一浮，一股旋風颳來，牠像被漩渦捲住了似的，直線墜落下去。

紫紅嘴喙一死，紅嘴藍鵲群立刻變成一盤散沙，各逃生路。

龐大的鴉群呱呱呱呱唱著凱旋的歌，天空飄揚著一面黑色的大旗。

我坐在懸崖邊上，簡直看呆了。巧設奇兵，誘敵深入，搗毀老巢，兩面夾擊，令我讚嘆不已。烏鴉眞是鳥類世界最有紀律的士兵，鴉群也是鳥類世界裡最英勇善戰的軍隊，而鴉王高帽子堪稱一流的軍事家。

這以後，我和鴉群睦鄰友好，和平共處。我殺了雞宰了魚，就把腸腸肚肚掛在竹籬笆上，讓我那些黑色鄰居來叼食；還經常丟些碎玻璃和鈕扣在門前，滿足牠們奇怪的收藏欲。很快，我就和牠們混熟了，尤其是鴉王高帽子，見到我就像見到老朋友似地總要在空中對我搖搖翅膀，用平和的聲調朝我輕叫一聲，向我問候致意。我到水塘邊去淘米，正在喝水的高帽子甚至會跳到離我一步遠的地方，啄食我掉落在草地上的米粒，當我戲謔地想伸手抓牠時，牠才敏捷地一拍翅膀飛走了。

牠們的羽毛仍然烏黑烏黑，沒有光澤，可看久了，覺得也並不十分難看；牠們的叫聲仍然嘶啞粗俗，可聽慣了，也不覺得特別聒噪刺耳。有時候，夕陽西下，我坐在院子的石凳上，思念遠在上海的親人，已是黃昏獨自愁。這時，菩提樹上傳來暮歸的鴉群淒涼的鳴叫，聽著聽著，我的眼淚就會不知不覺地流出來，被迫下放到邊疆農村來的滿腔怨憤得到了某種宣洩，無助的孤獨似乎也得到了一些慰藉，心情就會稍稍變得平靜些。

牠們是被人們唾棄的鳥，而我是被城市驅趕出來的知識青年，我覺得我和牠們之間有著某種心靈上的溝通。

半年後的一天傍晚，天上烏雲密布，閃電像一條條小青蛇在雲層游弋，山雨欲來風滿樓。過去每遇到壞天氣，烏鴉們總是鑽進茂密樹葉下的鳥巢，躲避熱帶暴風雨的襲擊。但此刻，我卻看見一大群烏鴉在空中圍著菩提樹冠繞來飛去，呱呱呱呱叫得很急躁。天快黑透了，烏鴉不是貓頭鷹，烏鴉的眼睛在黑暗中視線模糊，看不清東西，摸黑飛行，很有可能會一頭撞死在樹幹上的。以往

這個時候，牠們早該進窩歇息了。這很反常，我想，過了一會，鴉王高帽子振翅朝東面飛去，整個鴉群緊跟在高帽子後面，在蒼茫的暮色和低垂的烏雲下疾飛，很快就從我的視界內消失了。

我爲鴉群反常的舉動感到納悶，但也並不十分放在心上，在田裡勞累了一天，倒在床上，很快呼呼睡著了。半夜，我突然被一隻烏鴉急促的叫聲從睡夢中驚醒，呱戈兒哇——呱戈兒哇——我雖然已和烏鴉廝混得很熟，但還是第一次聽到這麼奇特的叫聲；一個個音符彷彿都用辣椒擦過，用烈火煉過，用鏇水淬過，又辣又燙又硬，聽起來有一種恐怖的感覺。我穿好衣服點亮馬燈拉開木門，外面狂風驟雨，閃電已由小青蛇變成了大青龍，在漆黑的夜空遨遊。我用馬燈一照，屋檐下我晾衣服的鐵絲上，停棲著一隻烏鴉，渾身淋得精濕，不知是狂風吹折的還是豆大的雨粒打斷的，牠的尾羽斷了好幾根，像燕尾似地中間撕裂開。儘管牠頭上那撮高聳的羽毛被雨壓平了，禮帽變成了鴨舌帽，我還是一眼就認出是鴉王高帽子！牠看見我走出門，呱戈兒哇——呱戈兒哇——叫得愈發急促愈發響亮。我再用馬燈四周照了照，沒有其他烏鴉。深更半夜的，又是如此惡劣的鬼天氣，牠無疑是冒九死一生的危險飛來的。牠來幹啥？莫非牠在黑夜中迷了路，想進我的房間避避風雨？我把門敞開，朝牠招手，可牠卻沒有要進房的意思。也許牠是受了傷，想求我替牠包紮吧，我想。

我走過去抓牠，牠卻撲棱一飛飛到另一根晾衣繩上去了，動作雖然沒平時那麼輕盈敏捷，卻也瞧不出受傷的樣子。我傻站在屋檐下，不知道究竟是怎麼回事。高帽子從晾衣繩跳到地上，半撐開翅膀，張著大嘴，衝著我呱戈兒哇呱戈兒哇起來。這叫聲又和先前的不同，沒了尾音，斬斷了拖腔，一句緊接著一句，沒有停頓，沒有間歇，直叫得渾身顫抖，叫得身體趴在地上，仍在不停地叫。我真擔心牠再這樣叫下去，烏黑的嘴腔裡會噴出一口鮮血，氣絕身亡的。叫聲如泣如訴，驚心動魄，聽著聽著，我全身的汗毛倒豎起來，有一種緊張得喘不過氣來的感覺，產生了一種大難即將臨頭的恐怖感，我不敢再一個人待在茅草房裡，取下掛在屋檐下的斗笠和蓑衣，想到村長家去借宿一夜。

　　當我鎖好門踏上通往村長家的泥濘小路，鴉王高帽子停止了鳴叫，艱難地拍搧翅膀，飛進茫茫雨帘，被濃墨似的夜吞沒了。

　　我剛登上村長家的竹樓，突然，一顆橘紅色的球狀閃電從天空滾落下來，不偏不倚，落在我門前那棵菩提樹上，巨大的樹冠就像一張巨大的嘴一口吞進了一只巨大的火球，寂靜了幾秒鐘，菩提樹根耀起一片藍色火光，轟然一聲巨響，那棵幾圍粗的老菩提樹像個巨人似地跳起舞來，舞了個瀟灑的華爾滋，頹然倒下，巨大的樹冠像把錘子正正砸在我那間茅草房上……

　　從此以後，我再也沒見過高帽子和牠率領的那群烏鴉，或許，牠們搬到了遙遠的新家去了。

　　若干年後，我在一本介紹外國民諺的書裡看到這麼兩句話：「聰明得像隻老烏鴉。」「像烏鴉一樣勇敢。」看來，東西方文化確實有很大差異，在我們眼裡醜陋而又帶著某種凶兆的烏鴉，在某些民族那兒，卻是聰明和勇敢的化身。

還在一本動物學雜誌上看到這樣的介紹：烏鴉是鳥類中進化最快的一種鳥，從解剖中發現，烏鴉的腦髓外面裹著一層類似大腦皮層的膠狀物質，而其他鳥不具備這層膠狀物質，所以烏鴉的智慧高於其他鳥類。烏鴉不僅有組織嚴密等級森嚴的社會群體，還會發出四十多種不同的叫聲，彼此進行聯絡。

我至今都懷念我那群不討人喜歡的烏鴉鄰居。

野豬囚犯

要不是我親眼所見，我絕不會相信這是真的。一隻老虎，像獄卒似地看管著一群野豬，在森林裡遊蕩。

可事實是不容置疑的，就在離我藏身的螞蟻包約四、五百米遠的一條山脊線上，老虎和野豬正在魚貫穿行。十三頭大大小小的野豬在前面走，一隻老虎在後面壓陣。

這隻老虎從虎鬚到尾尖約有三米長，褐黃的體毛，黑色的橫紋，白爪白腹，像踩著一片雪；一米來長的虎尾上飾有黑色環斑，額頭有一塊十分醒目的王字形圖案，顯得威風凜凜；從牠偉岸的軀體、深顏色的虎毛和身上對比強烈的花紋看，這是一隻凶悍的孟加拉虎。被牠看管的十三頭野豬只有一頭背上的鬃毛呈銀白色的老公豬，其他都是母豬和半大的小豬。

老虎獵食野豬，這不奇怪，讓我感到震驚的是，這十三頭野豬被一隻老虎看管著，並沒有大難臨頭驚恐不安的表情，恰恰相反，野豬們步履從容，神態安詳，滿不在乎。

這時，臥在我身旁的老獵人波農丁輕聲對我說：「哦，我半年前在勐巴納西森林裡就見過這隻老虎和這群野豬。」

看來，這些野豬長時間受到羈押，心靈已經麻木，無所謂害怕不害怕了，我想。但我立刻又產生了一個更大的疑問：「這些野豬爲什麼不逃跑呢？」

「老虎不讓牠們逃走嘛！」波農丁不假思索地回答。

這是什麼話！老虎不讓牠們逃走，牠們就要聽老虎的話，不逃走了嗎？牠們不是兇猛的孟加拉虎的對手，牠們也缺乏團結一致奮起反抗的大無畏精神，這我理解；但我不相信牠們連逃跑的勇氣也沒有。不就是一隻老虎嗎，既沒長著三頭六臂，也不會有分身術，十三頭野豬炸窩似地四散逃跑，老虎再厲害，也只能追上並咬死其中的一頭野豬；就算這隻孟加拉虎身手特別矯健，也最多追上並咬翻兩頭野豬，還有十一頭野豬就可從老虎的淫威中解放出來了。

或許曾經有一頭野豬，眞的動過逃跑的念頭，但牠兩隻混濁的豬眼剛向密不透風的灌木叢窺望，就被老虎識破了企圖。老虎殘忍地撲到牠身上，當著眾野豬的面，一口擰斷牠的頸椎，咬開牠的胸腔。血腥的屠殺把其他野豬都給鎮住了，嚇壞了，儘管牠們也知道只要下決心逃跑絕大多數的野豬是能夠逃走的，但必須有一頭野豬敢率先拔腿開逃，而誰第一個逃跑等於把自己的小命送進虎口。所有的野豬都希望不是自己而是別的傻瓜來做出頭鳥，成爲集體逃亡的犧牲品，你望我，我等你，結果一次又一次喪失了逃跑的機會。

這雖然是我的憑空猜測，但我覺得這個推理演繹邏輯嚴密，合情合理。

這時，野豬和老虎已走到離我和波農丁藏身的螞蟻包約兩、三百米的一片野木瓜林；樹上婆娑起舞的大葉子下結滿了熟透的黃橙橙的木瓜，像掛在綠雲下的一只只小太陽，隔得那麼遠，我都聞到了一股馥郁的香味。木瓜是野豬鍾愛的美食，野豬們饞涎欲滴，兩三頭野豬圍著一棵木瓜樹，張開比家豬長得多的嘴吻吭哧吭哧啃咬起來；不一會，木質鬆軟的木瓜樹被咬倒了好幾棵，野豬們貪婪地搶食著汁多肉厚的木瓜。這當兒，老虎不停地在野豬身邊走來走去。老虎是在警惕地巡邏呢，我想，牠怕有的野豬會趁搶食時的混亂逃跑呢。老虎踱到一塊牛背狀的磐石前，這塊磐石隆出地面約兩米高，像個看台，不，像個天然的崗樓。我想，老虎肯定會跳到磐石上去的，如果我是老虎的話我也會跳到磐石上去的。站在磐石上，居高臨下，虎視眈眈，不僅具有一種威懾力量，還擴大了視界，野豬的一舉一動盡收眼底。即使發生動亂，一聲虎嘯，氣勢磅礡，凌空虎躍，泰山壓頂，也容易收拾殘局，比在地面巡邏不知強多少倍。可我看見，老虎只是瞄了牛背狀的磐石一眼，繞了個彎，鑽進一條牛毛細徑，到箐溝一條小溪邊喝水去了。從野木瓜林到箐溝的小溪，足足有兩百來米，且是一條下坡路；我想，老虎肯定是在驕陽下趕路渴得嗓子冒煙了，才會遠離野豬去喝水的。

對這群野豬來說，這可是個千載難逢的逃跑的好機會！快逃吧，野豬們，老虎正在箐溝的小溪邊悶著頭喝水，你們中無論誰帶頭逃跑，都不用擔心會被老虎發現而遭到殘忍的虐殺。你們的奔跑速度雖不及老虎快，但也絕不像爬行動物那般遲鈍，你們現在拔腿逃進密林，就算機敏的老虎立刻聽到了動靜，等牠氣喘吁吁地從箐溝爬上來，你們早就逃得很遠很遠了；熱帶雨林裡到處都是茂密的草叢和灌木，你們隨便往哪裡一鑽，就像魚鑽進了大海，藏得嚴嚴實實。

再不逃就是一群標準蠢豬了！

可野豬們興高采烈地吃著木瓜，全然沒有要逃跑的意思。我想，老虎的爪下有厚厚一層肉墊，走起路來悄無聲息，而野豬們又在全神貫注地吃木瓜，一定是沒發現老虎已離開牠們下到箐溝去了。唉，貪食的豬哇，讓一個能順利逃命的絕頂好機會白白錯過，也未免太讓人感到惋惜了！

這時，那頭長著銀白色鬃毛的老公豬撅著從上頜翻捲出來的兩根獠牙，

叼著一只大木瓜，害怕同伴搶劫，從群體間跑出來，想找個清靜的地方獨自享用。牠跑到牛背狀的磐石前，猛一抬頭，望見正在箐溝裡飲水的老虎，臉上浮顯出一種大夢初醒般的表情，張開豬嘴，大木瓜從嘴裡掉了下來，歐——發出一聲輕嚎。所有的野豬聞訊都停止吃木瓜，向箐溝張望，毫無疑問，牠們都發現老虎已遠離牠們。

我當時敢跟任何人以十賭一，幾秒鐘後，野豬們就會歡天喜地地四散逃跑的。幾秒鐘過去了，野豬們沒有動靜，又幾秒鐘過去了，野豬們將眼光從箐溝下收回來，盯著地上的木瓜，大嚼大咬起來。丟了木瓜，很容易在熱帶雨林裡重新找到的，丟了自己的小命，你這輩子就甭想再找回來了！

野豬們仍把興趣集中在木瓜上，你搶我奪，吃得津津有味。

我不相信這十三頭野豬都是餓癆鬼投的胎，把幾只木瓜看得比自己的性命還要重。顯然，牠們對送上門來的逃跑良機不感興趣。牠們沒戴鐐銬，但身心卻被鎖得很牢。我大惑不解，弄不明白是怎麼回事。難道這是一隻不殺生的虎？不不，天底下不可能有吃齋唸佛的老虎菩薩；難道老虎給這些野豬灌了迷魂藥，做了深入細緻的思想工作，使得牠們相信被吃是一種幸福，是通向天堂的一條捷徑？不不，老虎不可能有那麼神；難道這群野豬在一種極其偶然的情況下救過老虎的命，愛消弭了仇恨，也消弭了不同物種的隔閡，成了結伴同行的親密朋友？不不，這種荒誕的情節只有浪漫的詩人才能編造出來，現實生活中是不可能存在的；老虎也不可能把這些野豬當寵物養著玩玩的，動物都是實用主義者，老虎絕對把這些野豬當做牠活的肉食倉庫，需要隨時提取。我想，這些野豬再笨，再糊塗，也總該知道狗改不了吃屎，老虎改不了吃豬，待在老虎身邊，遲早免不了會被撕碎了吃進老虎肚子，然後又變成一泡臭烘烘的老虎大便被排泄出來！

為什麼不逃跑？為什麼不逃跑！

老虎喝足了水，從容不迫地回到野木瓜林，從喉嚨深處發出一聲威嚴的低沉的吼叫，亂哄哄的野豬群立刻安靜下來，又排成一路縱隊，浩浩蕩蕩向我和

波農丁的螞蟻包走來。

野豬群走到離螞蟻包還有一百多公尺的一棵榕樹前，老虎突然間吼叫了一聲，正在行進的野豬戛然而止。我嚇得心兒亂跳，以爲老虎發現了我們的伏擊位置，正準備不管三七二十一扣動獵槍的扳機，手被波農丁輕輕按住了。

「喏，別急，榕樹上像有什麼東西哩。」

我仔細望去，透過樹葉的縫隙，果然看見離地面七、八公尺高的一根橫杈上有一片金黃色的斑點，哦，原來樹上藏著一隻金錢豹。

金錢豹習慣躲在大樹茂密的葉子裡，等獵物從樹下經過時，出其不意地從樹上像張網似地罩下來；豹子沉重的身體從半空壓下來即使壓在野牛身上，也立刻能把野牛的腰壓斷。這一次要不是老虎及時提醒，這群野豬裡肯定有一頭會倒楣，變成豹子的晚餐。

老虎從隊伍的末端三躥兩跳趕了上來，一直衝到榕樹前，兩隻虎爪搭在樹腰上，斑斕的虎頭高昂著，氣勢洶洶地咆哮起來。

金錢豹是爬樹高手，老虎不會爬樹，一個在樹上，一個在樹下，互相謾罵威脅。

我注意觀察了一下野豬群，並沒有因爲差點中了金錢豹的圈套而產生驚恐的情緒，也絲毫不爲自己的安全擔憂。有幾頭興致勃勃地朝榕樹翹首觀望，更多的野豬沒事兒似地在草地上溜達，用長長的嘴吻掘食盤踞在草根下的蚯蚓和地蛄子。

牠們曉得自己是安全的，牠們知道兇惡的金錢豹奈何不了牠們。

突然間我腦子一亮，似乎解開了野豬爲啥不從老虎身邊逃跑的奧祕。

這是一群生存能力不強的野豬，在險惡的熱帶叢林裡，牠們飽受欺凌，老虎撲，豹子咬，獵狗追，獵槍打，豺狼騷擾，苦不堪言。尤其是小豬崽出生後，更沒有保障，死亡率極高。有一天，牠們又被一群餓狼堵在一個山洞裡，無路可逃，眼看就要遭到集體屠殺了……危急關頭，這隻孟加拉虎從樹林裡竄出來，咬死了一匹狼，狼群見到虎，嚇得屁滾尿流，逃之夭夭。老虎的習性，和狼不同，狼對所遇到的獵物，恨不得趕盡殺絕，老虎有了東西吃，就不再有興趣去追咬其他獵物。當然，老虎也捨不得放棄到嘴的肥肉，就把山洞當豬圈，把野豬們關了起來。就這樣，這群野豬成了這隻孟加拉虎的囚犯。

榕樹那兒，那隻金錢豹畢竟不是孟加拉虎的對手，虛張聲勢地吼了幾聲，順著樹幹往後退，退到榕樹的另一端，一縱身跳下樹來鑽進齊人高的草叢，逃走了。

野豬們又排列好隊伍，繼續朝螞蟻包走來。

我的思緒仍陷在野豬們爲什麼不想從老虎身邊逃走這個問題裡拔不出來。我想，開始時，野豬們覺得自己處在老虎的血腥統治下，生命朝不保夕，整天心驚膽戰。但幾天後，牠們發現做了老虎的囚犯，竟然還有意外的好處。過去無論白天黑夜，無論覓食還是睡覺，都要提心吊膽地提防大型食肉獸和獵人來襲擊捕捉，現在，有老虎守在牠們身邊，任何其他猛獸都不敢靠近牠們了。牠們的生活相對變得安寧了。牠們當然知道老虎是專制獨裁的暴君，是殺

豬不眨眼的屠夫；但與其被包括人在內的所有食肉獸當做食物，還不如做這隻老虎固定的食物。老虎的食量固然大得驚人，但只有一張嘴一個胃，再大也是有限的。牠們很快發現，待在這隻老虎身邊，野豬群的死亡率明顯下降，過去不是今天遇到豹子，就是明天碰著豺狼，平均兩三天就要損失一頭夥伴，現在十來天才遭到一次屠宰。動物的一切都圍繞這樣一個命題：護種保群。做老虎的囚犯有利於種群生存，牠們當然就不想逃跑了……

砰，一聲巨響，把我從沉思中驚醒，哦，是波農丁扣響了獵槍。這一槍打得很準，子彈從老虎的左耳鑽進去，又從右耳穿出來，老虎連哼都沒哼一聲，就軟綿綿地倒在了地上。

野豬們驚愕地你望我我望你，有好幾頭野豬小心翼翼地走到老虎身邊，用豬嘴拱動老虎沉重的軀體，似乎是想把老虎扶起來。老虎躺在地上已永久安息了。歐嗚——歐嗚——歐嗚——野豬朝我們刻毒地詛咒起來。

唉，豬啊豬。

魚道

在象形的方塊漢字中，「道」是個多義字。老子《道德經》開篇第一句就是「道可道，非常道」，撲朔迷離，玄妙深奧，讓人摸不著頭腦。「道」既可指路，也可指說話，也可指品德，又可指一種宗教，又可指事物的規律……。日本還有茶道、花道、劍道、武士道的說法，似乎這「道」字還進入了美學範疇，蘊含著特定的文化禮儀與文化氛圍。前幾天一位搞古文字研究的朋友來家閒聊，談到「道」字，他說：「道」由一個「首」一個「辶」組合成，而人類的生育，只要是順產，都是頭先走出來，所以，「道」字最原始的解義，就是生殖過程，新生命的誕生，最美妙的自然現象。

朋友對「道」字標新立異的詮釋，就像無意中敲擊了電腦的某個鍵盤，使

我儲存在記憶深處的魚母的故事一幕幕顯示在眼前。

那天清晨，天還濛濛亮，我就到離寨子不遠的孔雀湖去看我昨晚紮在蘆葦稈上的八架金絲活扣是否逮著了野鴨。運氣欠佳，八架金絲活扣七架空的，剩下的一架逮著隻一文不值的小麻雀。爬山爬出一身臭汗來，我想沖個涼。孔雀湖占地上千公頃，青山環抱，碧波蕩漾，水草豐盛，水鳥飛翔，景色極美。豐沛的湖水越過山丫，沿著一級一級石坎淌下去，灌進山下的河道，就成了流沙河的發源地。陡峭的山坡垂掛了一道寬約二、三十米的大瀑布，是個天然淋浴場。太陽剛剛擦亮湖面，天色尚早，四周沒有人，我脫光了順著石坎鑽進瀑布，讓激流給我按摩。正洗得痛快，突然，隔著水簾我看見山下被瀑布沖出來的那片清澈的水潭裡，有一條黑色的影子在晃動。我將一隻手掌伸進瀑布去，撕開了水簾，哈，原來是一條大魚在水潭游弋，烏黑的背鰭像面黑色的旗幟，在綠水間飄舞。

每年的四、五月間，有一種名叫黑鯇的大魚，就會從瀾滄江下游溯江而上，游進流沙河，一直游到終點站——孔雀湖來產卵。魚卵在溫暖的孔雀湖孵化出來後，生活七、八個月，長到比巴掌大一點時，便順著瀑布沖下流沙河，游進瀾滄江去。四、五年後，這些小魚長成一米來長重達百斤的大魚，便會準確無誤地順著原路返回孔雀湖來產卵。孔雀湖既是魚的最佳產院，又是魚的理想搖籃。

沒能逮到野鴨，要是能拖條大魚回去，也滿不錯的。我很興奮，趕緊跑出石坎，到小樹林折了根手腕粗的樹枝，又扯了一根手指粗的藤子，準備捉魚。

大魚拚命甩動尾巴，游進瀑布，一個打挺，躍上一層石坎，然後，平躺在石面上，在瀑布的澆淋下，翕動著嘴鰓，大口大口喘息著。

我從沒見過這麼大的黑鯇，足足有一米半長，身體比大蟒蛇還粗，少說也有一百五十斤。黑鯇又叫螺絲青，普通的黑鯇脊背是黑色的，魚肚皮是青藍色的，但這條大魚卻渾身墨黑；牠的肚子鼓得像只特大號泡泡糖，毫無疑問，裡面塞滿了魚子。一般的黑鯇嘴唇不長鬍鬚，牠卻嘴唇兩側各有一根一寸長的觸鬚，一看就知道，是一條有相當資歷的大魚，堪稱魚母。魚母者，女中豪傑，女中魁首的意思。

兩、三丈高的山坡，被瀑布沖刷出七、八道石坎，像層層梯田；我站在最高那層石坎，等候著魚母光臨。

魚母喘息了一陣，又一個打挺，跳到更上一層的石坎，就像爬樓梯似的層層登高。開始時，牠每跳一層躺在石板上喘息兩三分鐘，積蓄了力量後，再接著往上一層石坎跳；跳到第四層石坎後，牠明顯的氣力不支了，間歇的時間越來越長，躺在石板上大口大口地喘息，往往要五六分鐘後才能緩過勁來。

我知道，牠已筋疲力竭了。牠從遙遠的瀾滄江下游游到這裡，千里大洄游，途中極少吃東西，也從不休息，頂風破浪，晝夜兼程，逆流而上；既要提防野豬、狗熊這樣的陸上猛獸來捕捉，又要躲避魚網和釣鈎的暗算，一路艱難險阻，早已身心疲憊，心力交瘁，魚兒沒有腿，也沒有翅膀，若在深水裡，還可憑藉水的彈性，利用潮流和浪頭的推力輕鬆地跳躍起來。現在是躺在石板

上，身上只蓋了一層薄薄的瀑布，對魚兒來說，其跳躍的難度，好比人在沼澤地裡跳高，任你螞蚱似地使勁蹦達，也最多能跳出平時的一半成績。再說，魚母又腆著脹鼓鼓的肚子，負重登高，更是雪上添霜，難上加難。

終於，魚母跳到我站立的那層石坎上了。我提著棍子，趕到牠的面前，瀑布正罩在牠身上，飛濺起大朵水花。牠望著我，眼光冷冷的，像被冰雪漬過。我咬著牙，掄起棍子，瞄準牠的後腦勺，用一種打高爾夫球的姿勢，一棍子下去。魚母可真是條老奸巨猾的魚，在我棍子砸下去的剎那間，魚頭和魚尾向上翹起，彎成月芽形，又突然首尾耷落，像拐杖似地支撐石板，把圓筒形的身體像馬鞍似地弓了起來，整條魚便以極快的速度彈射出去。我打了個空，啪！棍子砸在石頭上，我虎口震得發麻，手裡的棍子斷成兩截，一個踉蹌，差點從石坎上摔下去。

假如魚母多喘息幾分鐘，我想，牠這一跳，可能會成功地跳到孔雀湖裡去的；從我站的石坎到湖面，僅有一米高，牠是完全能躍上去的。假如牠跳進孔雀湖，往深水裡一鑽，我有天大的本事也奈何不了牠了。幸好牠沒得到足夠的喘息時間，牠剛剛從下層石坎跳上來，正處在半虛脫狀態，雖然躲開了我的棍子，卻沒能跳夠高度，只上升了半米左右，就落下來。牠在我面前的石板上像皮球似地彈了彈，被湍急的瀑布一沖，隨著水流一起沖了下去，就像人走樓梯走到最上一層不小心一腳踩滑，轟隆隆滾下去一樣。我看見，魚母從石坎上一級一級砸下去，砸得天昏地暗，跌得暈頭轉向，一直滾進山下那個大水潭裡。牠沉進水底，過了一會又飄上來，翻著魚肚白，像根黑鵝毛似地在漩渦裡打轉。又過了一陣，牠燕尾服似的魚尾開始擺動，魚肚白朝上的身體也慢慢扭轉過來了，背鰭歪歪地汆在水面，掙扎著游出了漩渦。我想，牠很快就會游走的，牠死裡逃生，牠目睹了手持木棍的我，知道死神正在山丫上等著牠，當然要逃走的。

我很懊惱，唉，就像掉了一只錢包。

就在這時，讓我目瞪口呆的事發生了。魚母游進瀑布，一擺尾，又開始

往山丫上跳，牠跳得無比艱難，往往要跳好幾次才能跳上一層石坎，每次跳失敗，都重重摔在石板上，傳來趴地一聲悶響。孔雀湖彷彿是個強磁場，緊緊吸引著牠。我想，小鯉魚跳龍門大概也是這般跳法的；但傳說中的小鯉魚跳的是幸福之門，一旦跳進了龍門就身價百倍，變成了威武雄壯的龍。而魚母現在跳的卻是鬼門關，跳向死亡，跳向地獄，跳向毀滅！牠還跳得那麼起勁，那麼執著，那麼頑強，實在令人感嘆。

也不知過了多長時間，牠終於又跳到我站立的那層石坎了。我看見，牠的尾巴砸碎了，長長的背鰭也折斷了，背部的鱗片也被粗糙的石頭掀得七零八落，露出皺紋很深的魚皮。牠躺在我面前，魚尾、魚背、魚嘴、魚鰓、魚眼裡都在朝外滲著血絲，整個身體差不多被血塗紅了。牠已不是黑鯇，而變成了紅魚。讓我驚訝的是，魚母的身體的其他部位傷痕累累，那圓溜溜脹鼓鼓的肚皮卻完好無損，連皮都沒有擦破，看來，牠十分注意保護自己蘊藏著小生命的肚皮。牠的嘴緩慢而又沉重地翕動著，兩隻微微鼓出來的眼睛直勾勾望著我，我總覺得那兩道被血絲過濾過的眼光有著某種暗示和期待。

我重重一棍擊在牠的腦殼上，牠的後腦勺凹進去一個很深的洞。就像打在死魚上一樣，牠紋絲不動，只是嘴巴停止了翕動。我有點納悶，我覺得魚母的表現很反常；牠幾秒鐘前還從下面那層石坎跳上來的，就算力氣耗盡，沒能耐再使什麼鬼花招了，但受到致命打擊後，總該掙扎幾下吧？我無法想像一條這麼大的魚母，生命之火會像吹熄蠟燭一樣，一口氣就吹滅了。要不是牠的腦殼碎了，我真要懷疑牠是在裝死。

我從腰上解下繩子，從洞開的魚嘴塞進去，又從鰓幫裡穿出來，打了個結，提在手上。當地有個很奇特的風俗，凡是在產卵期逮到大肚子黑鯇，打死後，都要抬到孔雀湖邊，把魚尾泡進水去，說是滿足這些大魚的願望，讓牠們把肚子裡的魚子產進湖裡去。不止一個老鄉告訴我說，如果不做這個儀式，這些千里迢迢從瀾滄江下游前來產卵的大魚死也不會瞑目，你即使把魚切成段，放進油鍋炸，牠也會在鍋裡蹦達，把油鍋掀翻。

我不相信有這樣的事。我從小就喜歡吃魚子，魚子放在油裡一炸，噴噴香、蜜蜜鮮，又不用擔心魚刺會卡著喉嚨，真是第一美食。魚母肚子鼓得那麼大，少說也能挖出滿滿兩海碗魚子來，我才不會那麼傻把到手的魚子仍進孔雀湖裡去呢！

我吃力地拖著魚母，翻上石坎，沿著寬寬的湖堤走了一截。到了岔路，準備拐彎離開孔雀湖回寨子去，突然，我發覺手裡的藤子增加了分量，沉得拖也拖不動了。我回頭一看，哦，是湖邊的一根樹枝纏住了魚頭，我返身想把樹枝拉開，可剛剛彎下腰來，卻發現是魚母的嘴咬住了樹枝！這不可能，我想，魚母腦漿都被我打出來了，直挺挺地躺在地上，分明是條死魚，還會咬東西嗎？肯定是這根樹枝無意中插進了魚嘴，我用力拔，奇怪的是，怎麼也無法把樹枝從緊閉魚嘴裡拔出來。

我站在湖堤上，搔著頭皮，想不通是怎麼回事。

就在這時，我這輩子無法忘懷的事發生了。我只覺得攥在手裡的藤子猛烈顫抖了一下，眼前閃耀起一片黑光，湖面爆起一片水花，還沒反應過來是怎麼回事，魚母已從湖堤跳進湖去。牠的動作快如閃電，我根本來不及看清一條死魚是怎麼炸屍似地跳躍起來的；牠的嘴還緊緊咬著湖邊那根樹枝，魚頭枕在岸上，身體浸泡在水裡。

牠尾部的生殖腔裡，噴射出一片金黃的魚子，碧水間飄起一條長長的黃綢帶，不，更像是一條金色的虹，一端連接著死亡，一端連接著新生；色彩鮮豔的魚子綿綿不絕地噴射出來，緩緩地沉進綠色的水草間……

牠贏得了生命道路上的最後輝煌。

終於，魚母脹鼓鼓的肚皮癟了下去，尾部那道金色的虹也消逝了，插在牠嘴裡的那根樹枝也徐徐地退了出來。這以後，我把牠拖回寨子，刮剝魚鱗，開膛破腹，挖鰓去腸，切成魚塊，清蒸油炸，牠都動也沒動過一下。

母熊大白掌

老獵人亢浪隆在山林裡闖蕩了幾十年，和飛禽走獸打了大半輩子交道，經驗豐富，槍法又準，再加上他養的那條大黑狗機靈兇猛，所以只要進得山去，極少有空手回來的時候；當地獵人有個習慣，凡打了飛禽，就拔下一根最鮮亮的羽毛，黏在槍把上，凡獵到走獸，就剁下頭顱風乾後掛在牆壁上；他的那支老式火藥槍上密密麻麻黏滿了各種色彩的羽毛，活像一隻怪鳥，他竹樓的四面牆上掛滿了各種各樣野獸的腦袋，好像在開獸頭博覽會。亢浪隆長著一張國字型的臉，濃眉大眼，微微上翹的下巴襯托著一隻挺拔的鼻子，顯得剛毅剽悍，器宇軒昂；但人不可貌相，這傢伙雖然長得威武，但心眼和他高大的身體形成強烈反差，氣量小得讓人無法忍受，是個一毛不拔的鐵公雞，除了寨子裡組織

的集體狩獵外，從不肯帶人一起進山打獵，因爲按照當地的習俗，只要是一起出去打獵的，無論是誰發現和打死了獵物，見者有份，他生怕別人占了他的便宜。

可是這天黃昏，亢浪隆卻肩著五彩繽紛怪鳥似的火藥槍，牽著他的大黑狗，帶著我這個獵場上的新兵，涉過湍急的流沙河，走進了密不透風的原始森林。

他是被我逼得沒辦法才帶我一起去打獵的。

一個小時前，我和亢浪隆泡在流沙河的淺水灣裡洗澡，當地的風俗，男的在上游洗，女的在下游洗，相隔約二十多米。恰好有幾個姑娘也在河裡洗澡，皮膚白得耀眼，嘻嘻哈哈的笑聲直往我耳朵裡灌。我的眼睛無法老實，但害怕亢浪隆笑話我，只好朝姑娘們瞥一眼，立刻又把眼光跳開，跳到對岸的香蕉林，裝著在觀賞風景的樣子。就在我第七次將活奔亂跳的眼光做賊似地從姑娘的玉體逃到對岸時，突然，我看見青翠的香蕉樹叢裡鑽出一個黑乎乎的大傢伙來，粗壯的身體，直立的姿勢，乍一看，像個黑皮膚的相撲運動員，我趕緊用手背抹去掛在眼睫毛上的水珠，這回看仔細了，圓得像大南瓜似的腦袋，尖尖的嘴吻，一雙小眼珠子，哦，是頭狗熊！這時，從大狗熊的背後又吱溜鑽出一隻毛絨絨的小狗熊來，只有半米來高，蹣跚著朝河邊走去，大概是嘴渴了，想喝水呢，大母熊急忙伸出右爪，做了個類似招手的姿勢，小熊仔馬上回到母熊身邊，母熊立刻將幾片寬大的香蕉葉拉扯下來，遮住牠和小熊的身體，我便什麼也看不見了。顯然，母熊發現有人在對岸洗澡，退回到密林裡去了。可是我已經看見牠了，更重要的是，我看見母熊伸出來的那隻右爪和身上其他地方的毛色截然不同，是白色的，就像黑人有一口潔白的牙齒一樣醒目。熊掌本來就是名貴的山珍，在熊的四隻爪掌裡，又是右掌最值錢；熊習慣用右掌掏蜂蜜採蘑菇掘竹筍，還習慣用黏乎乎的唾液舔右掌，右掌等於長期浸泡在營養液裡，肉墊厚實，肥嘟嘟像握著一只大饅頭。在所有的熊掌裡，又數白掌最爲珍奇，被視爲稀世珍寶；當地獵人中流傳這樣一句順口溜：黑狗熊，白右掌，金子

落在鼻梁上。一百隻狗熊裡，也找不出一隻白右掌來，物以稀爲貴，所以顯得特別金貴，一隻白右掌可以換兩頭三歲牙口的牯子牛。我很興奮，我想，和我一起洗澡的亢浪隆也一定看見母熊大白掌了，他是個老獵人，比我更懂得白右掌的價值，肯定像看見路上有只大錢包似的滿臉喜色，可我偏過臉一看，出乎我的意料，亢浪隆臉平靜得沒有任何波瀾，微閉著眼，哼哼唧唧，好像洗澡洗得挺忘情的。我不是傻瓜，我立刻明白這個老傢伙肚子裡在打什麼主意，以爲我沒發現母熊大白掌，不動聲色，瞞天過海，想甩開我，獨吞那只大白掌。果然，他連肥皂也忘了擦，泡了幾分鐘後，就上岸穿衣服了。我可不是一盞省油的燈，我微笑著來了一句：

「我也看見白的東西了，別忘了見者有份喔！」

「你的眼睛像螞蟥一樣盯在姑娘身上，一座山掉在你面前，怕你也看不見。」

「那好，我告訴村長去，讓他趕快派人到對岸去搜索。」

亢浪隆用狐疑的眼光在我臉上審視了半晌，見我腰桿挺得像檳榔樹一樣直，不像說謊的樣子，只好悲慘地嘆了口氣說：「算你運氣，跟我回家拿槍去吧；記住，白右掌歸我，黑左掌歸你，其餘的平分；你連槍都不會打，已經夠便宜你了。」

雖說是個不平等條約，但總比一點好處也撈不到要強；我是個剛從上海到雲南來插隊落戶的知青，一個最蹩腳的獵人，既沒有獵狗，也沒有獵槍，只有一把長刀，若讓我單獨進山，別說獵熊，恐怕連隻麻雀也打不到的；沒辦法，我只好屈服於亢浪隆的強權政治。

我們一到對岸的香蕉林，就看見濕軟的泥地裡嵌著兩行大腳印，有腳趾也有腳掌，極像人的腳印，當然要比人的腳印大得多，穿鞋的話，大概要穿六十碼的特大號鞋。有腳印指引，又有大黑狗帶路，我們很快在山腳下追到母熊大白掌和那隻小熊仔。大黑狗吠叫著，閃電般追了上去。母熊大白掌沿著一條被泥石流沖出來的山溝向山丫逃去，很明顯，是想翻過山丫逃進密不透風的大黑

山熱帶雨林去。母熊大白掌和人差不多高，胖得像只柏油桶，怕有一噸重了，但爬起山來卻異常靈巧；小熊仔年幼力弱，稍陡一點的地段，就爬不上去，「噢噢」叫著，母熊大白掌只得回轉身來，站在上面叼住小熊仔的後脖頸，像起重機一樣把小熊仔提上去。這當然嚴重影響了牠們的奔逃速度，幾分鐘後，大黑狗就叼住了小熊仔的一條後腿，小熊仔喊爹哭娘地叫起來。母熊大白掌吼叫著，轉身來救小熊仔，撩起那隻大白掌，就朝大黑狗摑去。別說獵狗了，就是孟加拉虎，被狗熊用力摑一掌，摑在嘴上，就會變成歪嘴虎，摑在脖子上，就會變成歪脖子虎；假如大黑狗被母熊大白掌摑著，亢浪隆就準備吃清燉狗肉吧。亢浪隆不愧是個經驗豐富的老獵人，立刻端起槍來，朝母熊大白掌開了一槍；他是在奔跑途中突然停下來開槍的，氣喘心跳，很難打準，再說這種老式火藥槍灌的是鐵砂，學名叫霰彈，也就是說從槍管裡射出去的不是一顆子彈，而是一群子彈，呈錐形朝獵物罩過去的，母熊大白掌和大黑狗一上一下離得很近，他也怕誤傷了自己的大黑狗，所以槍口抬高了幾寸；只聽「轟」的一聲巨響，一團灼熱的火焰飛出去，我看見，母熊大白掌像被一把無形的理髮剪快速理了個髮，頭頂豎直的毛「唰」地一下沒有了，彷彿是理了半個奇形怪狀的光頭，露出燒焦的毛茬和發青的頭皮，可能還有一兩粒小鐵砂鑽進了牠的耳朵，流出兩條紅絲線般的血。牠被巨響聲震住了，愣了愣，那隻極厲害的大白掌停在半空，沒能按原計畫摑下去。大黑狗趁機用力一扯，把小熊仔從山坡拉下十幾米來。母熊大白掌低沉地吼叫著，望望坡下被大黑狗纏住的小熊仔，又望望還差幾米就可到達的山丫，猶豫著，躊躇著，看得出來，牠心裡矛盾極了，想從坡上衝下來救小熊仔，又怕會閃電噴火的獵槍再次朝牠射擊，非但救不出小熊仔，還會把自己的性命也搭進去。

其實，這時候母熊大白掌要是不顧一切地衝下坡來，不但能救出小熊仔，還能把亢浪隆和我嚇得屁滾尿流。亢浪隆用的是每次只能打一槍的單筒獵槍，且不是使用那種現存的子彈，而是往槍管裡裝填火藥，還必須填一層火藥蓋一層鐵砂，要重疊好幾層，才有威力；火藥裝在葫蘆裡，掛在後腰帶上，鐵

砂放在鹿皮小口袋裡，掛在前腰帶上，裝塡一次火藥工序繁雜，要一長套組合動作，最快也要三五分鐘。這點時間，足夠大白掌摑斷大黑狗的脊梁，救出小熊仔，然後領著小熊仔翻過山丫揚長而去了。亢浪隆一面手忙腳亂地往槍管裡塞火藥鉛巴，一面「啊！啊！」伸直脖子叫嚷，他叫得很用力，脖子上青筋暴脹，像爬著好幾條大蚯蚓。我第一次經歷如此怪異的狩獵場面，看得目瞪口呆。亢浪隆抽了我一個脖兒拐，罵道：「發酒瘟的，你是根木頭呀？別傻站著了，快，用力跳，用力叫！」我驚醒過來，也顧不得姿勢是醜是美，拔出明晃晃的獵刀，高舉雙手，像蛤蟆似地一個勁蹦達，「歐呵歐呵」叫起來。亢浪隆又在我屁股上賞了一腳：「發情的螞蚱都比你跳得高，叫春的貓都比你叫得響，你是三天沒吃飯了還是怎麼著？」我只好由蛤蟆變成袋鼠，張牙舞爪，鬼哭狼嗥起來。這有點像動物與動物在對決前向對方炫耀自己的威武，一種純粹的恐嚇戰術，別說，還眞靈呢，母熊大白掌膽怯地望望我，一轉身往坡上竄去，很快就翻過山丫，消失在一片綠的樹林裡。

我們生擒了小熊仔，用一根細鐵鏈拴住脖子，牽著走。小傢伙出生才兩、三個月，還沒斷奶，小鼻子小眼睛小耳朵，像隻玩具熊，滿可愛的。牠一條後腿被狗牙咬破了，但傷得並不厲害。牠很害怕，人一走近，便渾身發抖，縮成一團。我掘了一支竹筍餵牠，牠也不吃，一個勁地「呦呦」嗚咽，大概是在叫喚牠的媽媽吧。

「可惜，讓母熊大白掌跑掉了，」我說：「今天怕是逮不著牠了。」

「你懂個屁，小熊仔在我們手裡，就等於捏住了母熊大白掌的半條性命。

亢浪隆帶著我來到一座陡峭的小山前，圍著小山踏勘了一圈，很滿意地咂唔，我教你怎麼才能獵到母熊大白掌。」

咂嘴說：「這地方不錯，嘿，母熊大白掌逃不脫嘍。」

這是一座高約一百多米的孤零零的小石山，四面都是半風化的花崗岩，山上沒有樹，石縫間偶爾長著一兩叢荊棘。與四周鬱鬱蔥蔥連綿起伏的大山相比，這座小石山就像一個被遺棄的孤兒。山勢極陡，有一面是垂直的絕壁，其

餘三面也都是七十五度以上的陡坡，別說人了，就是善於在懸崖峭壁上攀援的岩羊，也休想爬得上去。亢浪隆在小石山四周約一百公尺範圍裡，站定了，吩咐我把前面的幾叢灌木和荒草都砍倒，這樣，從絕壁到樹林間便形成了百米長的開闊地。然後，亢浪隆砍了一棵碗口粗的小樹，削去枝椏，在絕壁前栽了一支結實的木樁，把小熊仔用鐵鏈子拴牢在木樁上。

這時，太陽落下山峰，暮靄沉沉，歸鳥在林中聒噪，天快黑下來了。亢浪隆在絕壁下找了個石窩，在石窩裡墊了一層樹葉，讓我和他一起躺在石窩裡，把灌滿火藥和鐵砂的獵槍擱在石頭上。我不得不佩服亢浪隆善於利用地形，這是狙擊獵物最理想的位置，居高臨下，視界開闊，無論母熊大白掌從左中右哪一側出現，都逃不脫黑森森的槍口；更重要的是，我們背靠著陡峭的小石山，不用擔心母熊大白掌會繞到背後來襲擊我們，而前面那片百米長的開闊地，也保證我們能及時發現任何動靜。再說，還有大黑狗在開闊地裡會隨時爲我們報警呢。

天還沒有黑透，銀盤似的月亮就掛上了樹梢，能見度很高，別說一頭大狗熊了，即使一隻松鼠跳到開闊地來，我們也能看得清清楚楚。

我想，這片開闊地就是母熊大白掌的葬身之地，當然，首先得有個前提，就是母熊大白掌要進入這片開闊地。牠真能來嗎？牠要不來的話，我們就成了守株待兔的傻瓜了。我忍不住說了一句：「母熊大白掌說不定早逃遠了呢。」

「不會的。」亢浪隆說得十分肯定：「吃奶的幼崽，好比一根剪不斷的繩索，拴著母獸的心，你把幼崽帶到天涯海角，母獸都會跟到天涯海角的。」

「這裡有獵狗看守，還有人和獵槍，牠敢靠近嗎？」

「刀山火海，龍潭虎穴，牠都會來闖一闖的。」

果然被亢浪隆言中了，當月亮升到半空時，開闊地外的樹林裡傳來母熊大白掌「噢噢」的吼叫聲，大黑狗在開闊地和樹林的邊緣線狂吠不已，小熊崽「呦呦」呼應著，想回到媽媽身邊去，把鐵鏈子拉得嘩嘩響。「小熊仔餓了，在向母熊討奶吃，母熊大白掌很快就會出現的。」亢浪隆端起槍來，壓低聲音

對我說。

樹林裡閃過一個黑影，一晃，又不見了。大黑狗一會兒從開闊地的東端跑到西端，一會兒又從西端跑到東端，兇猛地叫著，很明顯，母熊大白掌焦急地在樹林裡徘徊，尋找可以安全接近小熊仔的路線。

機敏的大黑狗，把母熊大白掌的行蹤和企圖及時通報給我們了。

大黑狗在開闊地和樹林的交接地帶跑了幾個來回後，突然停在西端的兩棵合歡樹前，吠叫聲向縱深延伸，躍躍欲撲，似乎想衝進樹林去。亢浪隆顧不得會暴露自己的狙擊位置，從石窩裡站起來，高聲叫道：

「大黑，回來；大黑，快回來！」

平時，大黑狗最聽亢浪隆的話，只要亢浪隆一叫，立刻會搖著尾巴跑到亢浪隆身邊來，但這一次，不知怎麼搞的，牠聽到叫聲後，只是回頭朝我們望了一眼，汪汪汪，送來一串圓潤的吠叫聲，似乎在對我們說，主人，等我把這頭愚蠢的狗熊收拾掉，我再回到你身邊來領賞！

大黑狗倏地竄進樹叢去。

「糟糕，大黑狗完了！」亢浪隆跺著腳說。

他的話音剛落，樹林裡狗的吠叫聲戛然而止，隨即響起玻璃畫黑板似的非常難聽的尖嚎聲，我聽得渾身起雞皮疙瘩。尖嚎聲由遠而近，突然，樹叢裡鑽出個高高大大的黑影，直立著向絕壁下的小熊仔走去。毫無疑問，是母熊大白掌，亢浪隆舉起了槍，還沒瞄準，就又把槍放下了；我們聽見，狗的尖嚎聲似乎跟著母熊大白掌在移動；再仔細一看，母熊大白掌兩隻前爪合攏，懷裡有一條東西在掙動；等母熊大白掌再走近幾步，我們終於看清楚了，被母熊大白掌抱在懷裡的就是亢浪隆的寶貝大黑狗，熊爪大概掐住了牠的脖子，使牠的吠叫聲變得尖細淒厲。

我沒看到母熊大白掌是怎麼捉住大黑狗的，一般來說，狗比熊靈巧得多，是不大可能會被熊捉住的；也許，母熊大白掌用裝死的辦法引誘大黑狗來到身邊，出其不意地一掌把大黑狗打翻在地，也許，母熊大白掌假裝爬樹逃跑，大

黑狗追到樹下仰頭吠咬，牠突然鬆手，像網一樣罩住了大黑狗。

母熊大白掌把大黑狗摟在懷裡，就像穿了一件質量很高的防彈衣，又像是押了個「人質」，不，準確的說應該是「狗質」，迫使亢浪隆不敢開槍。一條好獵狗價錢昂貴，再說，從小養大的獵狗和主人之間還有很難捨的感情。

在我的印象裡，熊是一種很笨的動物，我們平常罵人，你怎麼笨得像狗熊！事實上，熊的智商不比其他哺乳類動物低。這頭母熊知道把小熊仔拴在木椿上是個引誘牠上鉤的圈套，也知道狗是站在人一邊的，是牠的敵人，如果牠會應用成語的話，肯定會說狗和人是一丘之貉。牠還知道牠一旦走進沒有樹叢可以隱藏的開闊地，可怕的獵槍就會朝牠射擊，可是出於一種母愛本能，牠又必須穿過開闊地給小熊仔餵奶，如果可能的話，還要把小熊仔救出囹圄。牠是被逼急了，靈機一動，想出個抱著大黑狗走進開闊地來的絕招。

母熊大白掌很快走到木椿跟前，小熊仔嗚嚕嗚嚕發出親暱的叫聲，朝母熊的懷裡鑽來；木椿四周無遮無攔，月光如晝，離我們埋伏的石窩僅有二十來米遠，一舉一動都躲不過我們的眼睛；大黑狗還在掙扎，狗嘴咬不到，就用爪子在母熊身上拚命撕扯，但犬科動物的爪子比起貓科動物來，要遜色得多，既不夠長，也不夠鋒利，熊皮厚韌，熊平時又喜歡在樹幹上蹭癢，遍體塗著一層樹脂，狗爪抓上去，等於隔靴搔癢。母熊大白掌大概急著要餵奶，把大黑狗塞到自己的屁股底下，像坐板凳似地坐著，然後，把小熊仔摟進懷；小熊仔咂巴著母熊的奶頭，吃得又香又甜；大黑狗在母熊的屁股底下哀哀叫著。

狗熊遇敵有三招，一是用熊掌摑，二是用大嘴咬，三是用屁股碾；三招中，數屁股碾最厲害，熊身體重如磐石，熊屁股大如磨盤，包括人在內的中等獸類，一旦不幸被熊坐到屁股底下，就是一把不結實的板凳，嘩啦就會散了骨架，再被熊屁股像石磨似的一碾，便會碾出塊薄薄的肉餅來。

大黑狗的叫聲，攪得亢浪隆心煩意亂，幾次舉槍欲射，都害怕誤傷自己寵愛的獵狗，嘆一口氣又把槍放下了。

過了一會，母熊大白掌餵完了奶，重新像抱嬰似地把大黑狗抱進懷，騰

出那隻白色的右掌，去扯小熊仔脖子上的細鐵鏈，嘩沙嘩沙，鐵鏈抖動的聲音在寂靜的夜顯得格外響亮。熊雖然力大無比，但要拉斷鐵鏈卻也不是那麼容易的，扯了幾下，沒能扯斷，又改用牙咬，鐵鏈可不像鬆脆的炒豆那麼容易嚼爛，咯嘣咯嘣，聽得出來，牠咬得很賣勁，說不定牙齒也崩斷幾顆了，還是沒能把鐵鏈咬斷。倒是小熊仔脖子被細鐵鏈勒疼了，呵吭呵吭咳起嗽來。

母熊大白掌在木樁前呆呆地坐了幾分鐘，突然抱著大黑狗走過去，先用那隻大白掌推了推木樁，然後用身體猛烈衝撞木樁，咚咚咚，聲音恐怖得就像在撞地獄的門；木樁雖然埋得很深，但小石山下的土質有點鬆軟，木樁畢竟不是樹樁，沒有根扎在土裡，被母熊大白掌龐大的身體連撞了幾下，就開始鬆動，像醉漢似的歪過來歪過去；牠又用那隻大白掌摟著碗口粗的木樁，像拔蘿蔔似地要把木樁從土裡拔出來。

假如再不設法制止的話，母熊大白掌很快就會如願以償，把木樁推倒拔起，然後連同木樁連同小熊仔連同大黑狗一起帶進樹林。

亢浪隆忍無可忍，舉起槍來扣動了扳機。一團橘紅色的火焰劃破夜空，竄向木樁。正在拔木樁的母熊大白掌像當胸被一隻巨手推了一把，摟在懷裡的大黑狗掉落下來，踉踉蹌蹌後退了好幾步，一屁股坐在地上。牠艱難地翻轉身來，發出可怕的怒吼聲，離開木樁，朝樹林退去。

亢浪隆急急忙忙裝好火藥鐵砂，想再次朝母熊大白掌射擊，但已來不及了，母熊大白掌已穿過開闊地，隱沒在黑漆漆的樹林裡。

我和亢浪隆躍出石窩，奔到木樁下一看，大黑狗身體被鐵砂馬蜂窩似地鑽了十幾個洞，倒在血泊裡，已經嚥氣了。小熊仔離得遠，沒受什麼傷。再看地上，有一塊塊顏色很深的斑點，一直向樹林延伸，用手一摸，濕漉漉黏乎乎的，湊到鼻子前一看，顏色很紅，哦，是熊血。看來，母熊大白掌受的傷也不輕，亢浪隆的那支獵槍雖然老式，殺傷力卻很大，要不是大黑狗替牠擋住了大部分鐵砂，牠此刻一定是躺在木樁前動彈不了了。

亢浪隆小心翼翼地從地上抱起大黑狗，輕輕地捋平牠背上凌亂的狗毛，用

顫抖的聲音說：「奶奶的，老子今天不把那隻大白掌砍下來，我就是豬！」我看見他在說這句話時，眼睛裡泛著一層晶瑩。一個獵人，失去了一條好獵狗，當然是很傷心的，再說又是被挾迫著用自己的獵槍誤殺了自己的獵狗，除了傷心之外，更添了一層憤慨。

「等到天亮，我們可以順著血跡去找大白掌。」我說。

「林子這麼密，沒有狗帶路，你怎麼找呀？牠要是過一條河，你就是渾身長滿眼睛也看不到血跡了！」亢浪隆斷然否決了我的提議：「我要把牠再叫回來。」

「牠受了傷，吃了虧，怕不會再來了。」

「我亢浪隆打了那麼多年的獵，我有辦法叫牠來的。」他說著，取出我們隨身帶著的一只小塑料桶，到旁邊一條涓涓小溪接了半盆水，又取出我們準備炊爨用的一堆鹽巴，用石頭搗碎了，撒進盆裡，用一根小樹枝不停地攪拌。

我不知道他要幹什麼，像被裝進了悶葫蘆，站著發呆。

「你是來跟我一起打獵的，不是來看熱鬧的。」

「我……我不知道該幹啥。」

「來，拿著。」亢浪隆解下腰上的皮帶塞在我手裡：「給我往小熊仔身上抽！」

「這……你這是要幹什麼呀？」

「讓牠哭，讓牠叫，讓牠嚎，把母熊引出來。」

我機械地舉起皮帶，往小熊仔身上抽去。小熊仔哇哇亂叫，繞著木樁躲避，但鐵鏈子的長度有限，繞了兩三圈，便被固定在樁上不能動彈了。我一皮帶抽過去，牠竟用兩條前肢抱著頭，靠在木樁上，咿咿嗚嗚發抖。那副模樣，極像一個被冤枉的孩子在遭受後娘的毒打。我實在有點不忍心再打下去，可又不敢違背亢浪隆的意志，便將皮帶慢舉輕抽，並盡量往小熊仔的屁股打，敷衍亢浪隆。

「你是在給牠拍灰還是在給牠搔癢？」亢浪隆將調好的鹽水擱在一旁，一

把搶過我手中的皮帶，劈頭蓋臉朝小熊仔抽過去，如狂風暴雨，如霹靂閃電，直抽得小熊仔喊爹哭娘，發出尖厲的嚎叫。

不一會，小熊仔身上便遍體鱗傷，鮮血淋漓。

亢浪隆收起皮帶，紮在腰上，端起那盆鹽水，像過潑水節似的，一抖手腕，嘩的一聲，一古腦兒潑到小熊仔身上。就像冷水滴進沸騰的油鍋，小熊仔立刻暴響起撕心裂肺的長嚎。

我上下牙齒咯咯咯開始打仗，渾身打哆嗦。不難想像，還在滴血的傷口被鹽水一咬是什麼滋味，我覺得用「萬箭鑽心」、「火燒火燎」來形容一點也不過分，我覺得這種殘忍的刑罰比起坐老虎凳、灌辣椒水、釘竹籤子和搔腳底板來，有過之而無不及。

小熊仔淒厲的長嚎劃破夜空，在寂靜的山野傳得很遠很遠。

那恐怖的哀嚎聲把附近一棵古榕上一樹的烏鴉都驚醒了，在夜空亂飛亂撞，有好幾隻在摸黑飛行中被樹枝割斷了翅膀，垂直跌落下來。

「快，我們回石窩去，大白掌很快就會出現的。」亢浪隆一手提槍一手拉著我跑回石窩。

我臥在冰涼的石窩裡，更顫抖得厲害。

「又不是打你的娃兒，你心疼個屁！」亢浪隆顯然是發現我身體在抖，就用譏諷的口吻說。

「我……我覺得牠那麼小，這……這實在有點太過分了。」

「你是說我很殘酷，對嗎？」

「……」

「大白掌把我的大黑狗弄死了，就不殘酷了嗎？」

是你先放狗咬傷並捉住了小熊仔，是你把小熊仔拴在木樁上試圖讓母熊大白掌鑽進你的圈套，是你朝母熊大白掌開槍誤殺了阿黑，是你挑起了事端，是你製造了血案，你還好意思說母熊大白掌殘酷！

當然，這番話我只是在心裡說說而已，我是人，我不能站在動物的立場上說話，好像也不應該用對待人的平等態度來對待動物。亢浪隆的話雖然違背事物的發展邏輯，但大家都習慣了這樣的事實：人有權隨心所欲地獵殺動物，而動物是不能用同樣的手段來報復人的，不然的話，動物就是殘酷，就犯了死罪。

「打獵嘛，本來就是你死我活的。」亢浪隆見我保持沉默，便用委婉的口氣繼續說：「你拿著刀拿著槍，不就是要殺戮要見血嗎？我看你長著一副婆娘心腸，你不是來學打獵的。」

「我……我……我覺得小熊仔還太小，再說……再說母熊大白掌未必會上當。」

「牠會來的。」亢浪隆說得異常肯定：「好比有個娃兒快死了，拍加急電報給阿媽，阿媽會不來嗎？」

小熊仔一聲比一聲嚎得凶嚎得急嚎得淒慘，那叫聲鑽進母熊大白掌的耳朵，確實就像收到了愛子垂危的加急電報，牠只要還有一口氣，牠就一定會來的，我想，亢浪隆不愧是個狩獵高手，熟識母性的弱點。

我睜大眼睛，注意觀察開闊地外樹林裡的動靜。

左等右等，月亮沉下山峰，啓明星升起來了，母熊大白掌還沒出現。

小熊仔的嗓子叫啞了，但哀嚎聲仍綿綿不絕。

天邊出現了一抹玫瑰色的朝霞，金色的陽光從樹冠漏下來，驅散了殘夜。

「母熊大白掌肯定已經死了，他媽的，白等了一夜。」亢浪隆懊惱地說。

我想也是，不然的話，這裡不可能那麼太平。

我在小小的石窩待了大半夜，四肢發麻，脖頸痠疼，眼睛發澀難受極了，便翻爬起來，跳出石窩，到開闊地活動活動身體。亢浪隆長時間躺臥著也不舒服了，把獵槍擱在石窩裡，跑向小溪，想掬把清涼涼的山泉水洗個臉。

小熊仔仍然用嘶啞的嗓子高一聲低一聲叫喚著。

晨鳥啁啾，霧嵐飄緲，景色宜人。

就在我們剛剛離開石窩，突然，「噢——」山谷爆響起一聲低沉的熊吼，

這叫聲一聽就知道不是平面擴散開來的，也就是說不是從開闊地外的樹林裡傳來的，而是自上而下傳播開來，就是說從天空罩落下來的，我和亢浪隆趕緊抬頭去看，只見一個黑色的物體已從小石山頂上墜落下來，像隻巨大的黑色的怪鳥，在向大地俯衝；一眨眼的工夫，黑色的物體就準準地落在我們躺臥了整整一夜的石窩裡；轟的一聲巨響，我感覺到大地都微微顫抖了。

躺在我們石窩裡的是母熊大白掌！

牠的下半個身體已被砸得稀爛，血肉橫飛，石壁和四周的地上，都濺滿了碎肉和汙血；牠砸落在石窩的一瞬間就氣絕身亡了，但那顆圓圓的腦袋和那張尖尖的嘴還完好無損，兩隻褐黃色的眼珠還瞪得賊圓，凝望著石窩下綁在木樁上的小熊仔，一副死不瞑目的神態；牠的那隻粗壯的右前肢，大約是肱骨折斷了，從背後往上翹起，那隻十分罕見的白爪子，掌面向上攤開，像是在向蒼天乞討著什麼（不會是在向蒼天乞討生命的公正吧？）；有正常人兩倍大的那隻白熊掌中間，凸隆起一只紫色的肉墊，像握著一只用血蒸出來的饅頭。

亢浪隆臉上像刷了一層石灰似的發白，頭上沁出一層豆大的冷汗，呆呆地站在石窩邊，望著母熊大白掌，嘴唇翕動著，卻說不出一句話來。

我也背脊冷颼颼的，頭皮發麻，手心冒汗。

我擱在石窩裡的長刀，亢浪隆的獵槍，還有我們的背囊，全給母熊大白掌砸得粉碎。好險哪，只要再晚幾秒鐘離開石窩，亢浪隆和我就被從天而降的母熊大白掌壓成肉餅了。

「牠……牠怎麼可能爬到山頂上去？」亢浪隆搔著後腦勺，困惑地說。

我抬頭望望一百多公尺高的小石山頂，也有同感。小石山孤零零地聳立在平地上，不可能繞道上去；狗熊不長翅膀，也不可能飛上去；狗熊雖說是爬樹的高手，但小石山山勢如此陡峭，連岩羊都望而生畏，牠又負著傷，怎麼可能上得去呢？

我和亢浪隆繞到小石山背後，青灰色的石壁上，從山腳到山頂，塗著一條血痕，寬約兩尺，在陽光的照耀下，就像一條紅綢帶，披掛在石壁上。特別陡峭的地方，血跡也特別濃，特別大，彷彿是長長的紅綢帶中間打了幾個漂亮的花結。

恍然間，我彷彿看到了這樣一組鏡頭：

——小熊仔遭到鞭笞的聲音，小熊仔身上的傷口被鹽水潑濕後發出的淒厲的哀嚎聲，傳到了母熊大白掌的耳朵，好似一把尖刀在剜牠的心；

——牠曉得，牠若從樹林跑進無遮無攔的開闊地，立刻就會成為獵槍的活靶子，不但救不了小熊仔，自己也會白白送掉性命；

——牠是母親，牠不可能眼睜睜看著自己的孩子被囚禁遭毒打受殘害而無動於衷，牠急得在樹林裡團團轉，尋找可以解救自己寶貝的途徑；

——牠繞到小石山的背後，那兒的山坡雖然也十分險峻，但不是筆直的懸崖，要是在平時，牠想都不敢想要從這麼陡的山坡爬上去，但現在，除了這條險象環生的路，牠找不到第二條可以向萬惡的獵人報仇並救出小熊仔的路來；

——只要有一線希望能救出小熊仔，哪怕是刀山火海，牠也要闖一闖；

——牠用尖利的熊爪摳住粗糙的岩石，一點一點往上爬，胸部和腹部的傷口本來已凝結了，這樣一運動，血痂重新被撕開，滲出殷殷血水，染紅了牠爬過的石頭野草；

——爬到半山腰，一段兩丈高的山坡突然找不到斜面了，陡得連山鷹都無法在上面棲息，是名副其實的絕壁，牠連爬幾次，都又無可奈何地滑落到原來位置，牠已筋疲力盡，差不多要絕望了；

——牠一停下來，小熊仔撕心裂肺的嚎叫聲就像針一樣扎進牠的心，像火一樣炙熱靈魂，牠的心坎裡又蓬蓬勃勃燃起復仇的火焰，身上平添了一股力量；

——牠又失敗了幾次，傷口流出來的血一遍一遍塗抹在絕壁上，血驚醒了山神，連絕壁也受了感動，終於，讓牠越過了險關，一寸一寸地向山頂攀登；

——太陽從青翠的山峰背後伸出頭來，太陽用自己的光和熱孕育了這個世界，太陽在製造生命的過程中最得意的傑作就是用兩足直立行走的人，但此時此刻，太陽爲自己的傑作——人——羞紅了臉；

——母熊大白掌的血快流盡了，力氣也快耗盡了，終於，創造了奇蹟，登上了山頂；

——牠在陡峭的山坡上留下了長長的血痕，這是一條用生命開闢出來的輝煌血路；

——牠站在山頂，牠望見懸崖下，自己的小寶貝渾身是血，流血的傷口上又結了一層白白的鹽霜，哀嚎聲時斷時續，已奄奄一息了；牠還看見有兩個野蠻獵人正臥在懸崖底下的石窩裡，那支會噴火閃電的獵槍黑洞洞的槍口對著開闊地外的樹林；

——牠跨到懸崖邊緣，用最後一點力氣站直起來，金色的陽光灑在牠身上，黑色的體毛上像披了件金斗篷，小石山溫柔地托舉著牠，白嵐溫柔地纏繞著牠，像是在爲牠纏綿地送行；晨鳥的鳴叫，彷彿是在爲牠輕輕吟唱一曲斷腸的輓歌；

——牠像包括人類在內的所有動物一樣，留戀自己的生命，牠不願意死，牠多麼想能繼續活下去，把可愛的小熊仔撫養長大；

——就在這時，懸崖下的兩個獵人從石窩裡站了起來；

——牠照準底下的石窩，跳了下去，在身體騰空的一瞬間，牠發出一聲悲憤的吼叫……

——我久久凝望著掛在岸壁上猶如紅綢帶似的長長的血痕，思緒萬端，感情十分複雜，既欽佩母性的堅毅勇敢，又慶幸自己能死裡逃生。要是我們晚幾秒鐘離開石窩，我肯定已經死了，而且死得不乾不淨。

——打獵，眞是一項用生命做玩具，充滿血腥味的世界上最殘忍的遊戲，從此以後，我再也沒有上山打過獵。

虎女蒲公英

那天清晨，我到勐巴納西熱帶雨林去捉穿山甲。乳白色的霧嵐在枝葉間嫋繞，能見度很低，只聞雀鳥聲，不見雀鳥影。我不時扯掉黏在頭上的濕漉漉的蜘蛛網，砍斷擋路的葛藤枝蔓，在密不透風的林子裡鑽行。經過一片齊人高的山茅草時，突然，前頭傳來窸窸窣窣的聲響，我貓著腰，小心翼翼地撥開草葉探頭望去，透過朦朧的霧絲，我看見在一座廢棄的蟻丘旁，有一條碗口粗的黑尾蟒，玻璃珠似的眼睛漠然凝視，兩丈多長的身體慢慢游動，那根叉形紅舌鬚快速吞吐著。我曉得，這是蟒蛇準備捕食的前兆。果然，幾秒鐘後，黑尾蟒的脖子慢慢向後彎成弓狀，當上半身變成一張拉滿的弓後，迅速蹦彈，蛇嘴閃電般地朝蟻丘背後咬去，當蛇頭從草叢裡縮回來時，我看見，巨大的蛇嘴裡銜著一隻和貓差不多大的虎崽，可憐的虎崽，柔弱的四肢徒勞地划動著，正一點一

點被吞進黑咕隆咚的蛇腹。

毫無疑問，狡猾的黑尾蟒趁母虎外出覓食之際，來吞食藏在草叢裡的虎崽。再強悍兇猛的動物，在生命初始都是十分軟弱的。

我來不及細想，立刻拔出隨身佩帶的長刀，朝黑尾蟒擲去。刀鋒斫砍在黑尾蟒的尾巴上，牠愣了愣，吐掉口中的虎崽，扭動身體，朝左側茂密的灌木林游去，幾分鐘後便隱沒在草葉和霧絲間了。

我玩了個蟒口救虎。

我把小虎崽抱回離曼廣弄寨八公里的果園，養在我的小土房裡。我一個人住在山上看守寨子一百多畝果園，平常少有人光顧，養什麼都可以。這是一隻小雌虎，眼睛還沒睜開，一身金色的絨毛，捧在手裡，就像一朵碩大的蒲公英。身上的條紋很淺，小圓臉，大耳朵，頰額之間與眾不同地飾有黃白黑三種色斑，嘴吻邊長著幾根細細的鬚，模樣很可愛。我給牠起名叫蒲公英。

幼虎有三個月左右的哺乳期，我要解決的第一個問題，就是如何給小傢伙餵奶。我先是想租一頭奶牛來給蒲公英當奶媽，前年我養過一條母狗，牠剛產下三隻小狗崽就不幸被一輛馬車給碾死了，我把三隻小狗崽抱進豬窩去吃母豬的奶，結果還真養大了呢。經驗告訴我，不同的物種也是可以進行哺乳的。我在曼廣弄寨物色了一頭花奶牛，牙口八歲，雖然年紀偏大，產乳率不高，但脾氣極爲溫順，任何人都可以去給牠擠奶。我給了花奶牛的主人一雙新膠鞋當酬金，讓他把花奶牛牽到果園我的院子去。牛主人樂孜孜地接過膠鞋，攥著牛鼻繩，隨我一起前往。剛走到籬笆牆外，花奶牛突然就停了下來，任牛主人怎麼吆喝，也不肯往前走了。牛主人使勁拽拉牛鼻繩，高聲叱罵，可平時那麼聽話的花奶牛，此時卻變得像頭脾性暴烈的牯子牛，眼珠上布滿血絲，強著脖子，四條牛腿像釘了釘子一樣，就是不往前挪動。牛主人火了，撿起路邊一根樹枝，夾頭夾腦抽打花奶牛。花奶牛惡狠狠地打了個響鼻，竟然撅著頭頂兩支尖利的牛角，朝主人牴去，嚇得牛主人扔了牛鼻繩就跑。花奶牛則掉轉頭來，驚慌地哞哞叫著，逃進密林。沒辦法，我只好到集市上買了一隻剛產崽不久的母山羊，想給虎崽蒲公英換個羊奶媽。母山羊也犯花奶牛同樣的毛病，牽到籬笆牆外，便露出畏懼的神態，駐足不前了。體格瘦小的母山羊比體格魁梧的花奶牛容易對付多了，我將母山羊四蹄捆綁起來，抬進屋去，把嗷嗷待哺的虎崽蒲公英抱到母山羊乳房前，乳頭塞進牠的嘴裡，強行餵奶。母山羊驚恐萬狀，像被牽進了屠宰場似地咩咩哀叫，渾身觳觫，任我怎麼努力，脹鼓鼓的乳房裡一滴奶也擠不出來。

花奶牛和母山羊之所以會嚇得喪魂落魄，死也不願進我的院子，毫無疑問，是聞到了老虎身上那股特有的氣味。其實，蒲公英雖然是隻老虎，可出生才幾天，別說對花奶牛和母山羊構不成任何威脅，就連一隻青蛙也咬不死的，恰恰相反，要是花奶牛和母山羊願意的話，輕輕一腳就可以踩斷蒲公英的脊梁，但花奶牛和母山羊並不具備理性判斷強弱的能力，仍然像畏懼成年虎那般畏懼虎崽蒲公英。

西方某位動物學家曾作出一個頗爲大膽的論斷：哺乳類動物是靠鼻子思想

的。看來這句話是有一定道理的。

沒辦法，我只好充當起奶媽的角色，找了一只塑膠大奶瓶，買了許多橡皮奶嘴，天天到寨子裡去打新鮮牛奶，像餵嬰孩一樣餵牠。

十來天後，小傢伙會蹒跚行走了。傍晚我從果園收工回來，出現在籬笆牆外時，蒲公英便會歐歐叫著從我的小土房裡衝出來，我一跨進院子，牠便在我的腿邊盤來繞去，用臉磨蹭我的腳桿，做出一副歡天喜地的樣子來，當我把牠抱起來時，牠就用舌頭舔我的手，做出乞食的舉動。我心裡自然而然地湧起一股柔情，忘了疲勞，顧不得休息一下，立刻動手給牠餵牛奶。

許多人對我說：「你們前世有緣，牠真像是你的女兒。」

三個月後，我給蒲公英斷了奶，改用生的肉糜餵牠。小傢伙日長夜大，很快就和一條狼狗差不多大小了。

我曾經養過貓，我發現小老虎很多行爲都和貓十分相似。牠們都喜歡蹲坐在地上，梳理自己的爪子和皮毛；牠們都有到一個黑暗角落裡排便的習慣，並

會抓刨沙土蓋掉糞便；牠們都喜歡鑽到床底下躲藏起來，睜大一雙在黑暗中會感光的眼睛，注視周圍的動靜；牠們都熱中於在一塊鬆軟的木板上使勁抓扯，磨礪銳利的爪子，直抓得木屑紛飛才過癮……本來嘛，虎是貓科貓屬動物，某些行爲相近，並不奇怪。

小動物都貪玩，蒲公英也不例外。牠百玩不厭的遊戲，就是和我的拳擊套進行搏鬥。我最喜歡的運動就是拳擊，在上海讀中學時，我就是學校拳擊隊的骨幹，曾參加過全市中學生聯賽，獲得過銅牌獎。到邊疆農村插隊落戶後，雖然不再到燈光聚焦的拳擊台亮相，但學生時代的興趣愛好仍不願丟棄，勞動之餘戴起拳擊套來，對著臆想的對手揮舞拳頭，既鍛鍊了身體，又過過乾癮。那天傍晚，吃過晚飯沒什麼事，我戴著拳擊套走到院子，正擺開架式躍躍欲試，準備給想像中的世界重量級拳王來一頓致命的組合拳，突然，蒲公英衝到我面前，雙眼盯著我的拳擊套，歐歐叫著。我想跟牠開個玩笑，便不輕不重打出一個直拳，擊中牠的下巴，一下子把牠打翻在地。牠在地上打個滾，爬起來後，尾巴平舉，眼角吊起，虎毛恣張，嘴裡發出粗濁的低吼，一副如臨大敵的樣子，齜牙咧嘴地朝我的拳擊套撲咬。我又一個左鉤拳擊中牠的脖子，把牠掃翻在地，牠不但沒有退縮，反而更囂張了，張牙舞爪不顧一切地撲到我的拳擊套上。我被牠逗樂了，有個陪練的，總比向空氣揮舞拳頭要好玩些，我的興致也被提了起來，蹲低身子，與蒲公英展開一場別開生面的拳擊賽。我靈活地移動身體，左一個擺拳，右一個刺拳，打得牠東倒西歪，可牠並沒因爲挨了揍感到有絲毫的委屈，反而顯得很高興，繼續與我搏擊。直玩到天黑，我累了，癱在床上，牠還意猶未盡呢。

這以後，牠迷上了拳擊遊戲。只要我一戴起拳擊手套，牠就會條件反射般地高度興奮起來，雙目炯炯有神，旋風般地朝拳擊套撲將過來。有時候，吃過晚飯後我還有其他的事情要趕著做，無暇去練拳擊，牠就會跑到我身邊，一會兒磨蹭我的腳桿，一會兒趴到我的胳膊上，嗚呦嗚呦輕聲叫著，不斷地催促。我不耐煩了，將牠推開，牠就會失魂落魄似地一會兒躥到籬笆牆，狠狠抓扯幾

下樹樁，一會兒吱溜鑽進床底下，歐歐叫屈，吵得我心神不寧。我火了，用手指著牠的鼻尖，高聲訾罵，牠這才安靜下來，悲傷地蹲在房柱後面的角隅，用一種焦渴祈盼的眼光長時間地凝視著我，好像一個孩子在渴望能得到父母的一份愛意，我被牠看得心軟了，只好歎口氣放下手中的事，轉身摘下掛在牆上的拳擊套。牠立刻會爆發出一聲歡呼般的長嚎，喜孜孜趕在我的前面跳到院子裡去。

我清楚，蒲公英之所以醉心於拳擊遊戲，其實是在演練必不可少的狩獵技藝。包括人類孩童在內的所有幼年時期的哺乳動物，都喜歡玩遊戲，因爲遊戲是生活的預演，是對生存環境的一種提前適應。

我開始帶著蒲公英一起去狩獵。小老虎的秉性與獵狗完全不同，獵狗會忠實地陪伴在主人身邊，老虎的獨立性很強，一出門就自己鑽到草叢樹林裡去了。但老虎一點也不比獵狗笨，嗅覺與聽覺也不比獵狗差；蒲公英不會跑得離我太遠，只要我吹聲口哨，牠很快就會從附近的什麼地方鑽出來，出現在我的面前。有時候，我用弩箭將一隻野雉從樹梢打了下來，野雉掉進了齊人高的茅草叢裡，找起來挺麻煩，我就勾起食指含在嘴裡，吹出一聲悠長的口哨，不一會，蒲公英就一陣風似地跑了來，我用手指著那片茅草地說一聲：「蒲公英，快去把野雉撿回來！」牠就立即躥進茅草叢，很快將野雉叼了來。有時候，我射中了一隻野兔，負傷的野兔仍頑強地在灌木叢裡奔逃，我叫喚蒲公英，蒲公英便會敏捷地追攆上去，將野兔緝拿歸案。

有一次，我帶牠到瀾滄江邊一片蘆葦蕩去打野鴨子，剛走到江邊，突然，蒲公英眼角上吊，耳廓豎挺，身體蹲伏，尾巴平舉，眼睛瞪得比銅鈴還大，一副如臨大敵的緊張神態。「蒲公英，你怎麼啦？」我撫摸牠的背，輕聲問道。牠不搭理我，借著蘆葦的掩護，小心翼翼地朝江邊一塊扇貝狀的礁石走去。快走到礁石時，牠才猛地躥撲出去，閃電般跳到礁石背後去了。過了幾分鐘，牠叼著一條兩尺餘長的大鯢喜孜孜回到我的身邊，那大鯢還沒死，在草地上扭動蹦達。

大鯢的叫聲似嬰兒在哭，故又名娃娃魚，生活在江河邊礁石暗洞裡，能在水底潛泳，也能靠四肢在岸上爬行，是一種珍貴的兩棲類動物，性機敏，一有風吹草動，便會潛入水底迷宮似的洞窟躲藏起來，極難捕捉。蒲公英不斷用爪子拍打著企圖逃竄的大鯢，興奮得嗚嚕嗚嚕叫。

哦，牠已學會了自己捕食，我也很高興。

這天下午，我進果園收割香蕉。剛走攏香蕉林，便聽見有唏哩嘩啦的聲響，以爲是小偷在行竊，躡手躡腳摸過去，輕輕撥開遮擋住視線的蕉葉，不看猶罷，一看嚇得連大氣也不敢喘了。一群大象，正在忙忙碌碌地爲一頭母象助產分娩。幾頭大公象用龐大的身體撞倒一片香蕉，並用長鼻子將折斷的芭蕉樹壘起一圈可以擋風的牆，給快要做媽媽的母象搭建產房；幾頭雌象用靈巧的長鼻子採擷新鮮乾淨的香蕉葉，在地上厚厚鋪了一層，給分娩的母象做產床；一頭老母象將大肚子母象引進產房，另一頭老母象充當助產士，用鼻子勾拉在產道中掙扎的小象，幫助孕象分娩；而那些蓋完產房的公象則四散開去，以產房爲中心，形成一個保護圈。

象的生殖率很低，因此群體格外重視小象的誕生，擔當警戒任務的公象比平時要兇猛得多，嚴密防範嗜血成性的食肉猛獸聞到血腥味後跑來傷害新生乳象。瞧，那些個大公象一面在產房四周站崗巡邏，一面用鼻尖捲起一撮撮泥沙，拋向樹梢，驅趕嘰嘰喳喳的小鳥。牠們不允許任何動物接近產房，包括那些在天空飛翔的鳥類。

趁著牠們還沒有發現自己，三十六計，走爲上策。我合上蕉葉，往後退卻。我走得心急火燎，不時扭頭望一眼，唯恐那些公象會跟上來。突然，我被盤在草叢裡的一根藤子絆了一下，摜了一跤。平地摔跤，又跌在柔軟的青草上，連皮都沒有擦破一塊，但是，那把長刀從刀鞘滑落下來，哐啷，發出金屬砸地的聲響。

歐——背後傳來野象高昂雄渾的吼叫聲。

不好，驚動象群了！我跳起來，拔腿就跑。無奈兩足行走的人速度比不過

四足行走的大象，彼此的距離很快縮短，我扭頭瞥了一眼，有四頭長著象牙的大公象在追我，追在最前面的是一頭體格健壯的白公象，離我只有二、三十米遠了，撅著象牙，翹著長鼻，像座小雪山似地惡狠狠朝我壓過來。

唯一脫身的辦法，就是爬樹。我邊跑邊四下張望，好，天無絕人之路，左前方斜坡上有棵椰子樹，我一個急轉彎，飛奔到椰子樹下，唰唰唰，用最快的速度奮力爬上樹去。

我剛爬到樹腰，大白象已趕到樹下，前肢騰空，後肢直立，長鼻像條鋼鞭唰地朝我的腳抽來，啪地一聲，鼻尖落在我的腳底板上，好險哪，再慢一步，我就要被柔軟的象鼻子纏住腳跟從樹上拽下來了。

椰子樹有二十幾米高，我很快爬上樹冠，騎坐在粗壯的葉柄上，這才鬆了口氣。我高高在上，象們奈何他不得，我算是脫險了。

四頭大公象聚集在椰子樹下，四隻鼻尖在空中搭成傘狀，咿哩嗚嚕好像在商量著什麼。四條鼻子散開後，其他三頭瓦灰色公象用嘴吻間伸出來的象牙挖掘樹下的泥土，大白象後退兩步，猛地撞向椰子樹，咚，空心的椰子樹幹發出擂動木鼓般的聲響，震得巨梳般的寬大的椰子樹葉瑟瑟發抖。我並不害怕。雖然象牙能掘土，不可能挖出一個深坑，將椰子樹連根挖起來；雖然椰子樹木質較脆，野象體格龐大，是森林大力士，但這棵椰子樹有一圍多粗，是不可能被撞斷的。

果然，三頭瓦灰色公象六根象牙挖了好一陣，才挖掉一尺來厚一層表土，已累得口吐白沫；大白象連撞了數十下，也無濟於事，只撞落一些枯死的樹葉，自己的身體倒撞得歪歪扭扭有點站不穩了。

牠們折騰得筋疲力盡後，就會甘休的，我想，太陽快要落山了，天一黑，牠們就會撤回到深山老林裡去的。

四頭大公象累得氣喘吁吁，抬頭望著樹冠發呆。過了一會，四隻碩大無朋的象腦袋又湊在了一起，四條長鼻子又都高高擎起搭成傘狀，像在商量如何解決難題。四條鼻子散開後，大白象向幾十米外一條小河汊跑去，汲了滿滿一

鼻子水後，又跑回來，鼻尖對準樹根，像一根高壓水龍頭，嘩——噴出一股強有力的水柱，已被象牙挖掘得鬆軟的泥土稀哩嘩啦泛成泥漿，順著斜坡流淌開去。其他三頭瓦灰色公象也效法大白象，一趟一趟從小河汊裡汲來水，沖刷椰子樹的根部。大象嘴寬鼻長，蓄水量驚人，不一會，椰子樹下便被沖出一個半米多深的大坑，露出紫黛色的虯髯狀根鬚。大白象又用身體撞了撞椰子樹，樹幹擺動，樹冠顫抖，搖搖欲墜。

我暗暗叫苦。椰子樹的根系本來就不發達，在土壤中扎得也不深，如此下去，要不了多長時間，椰子樹就會被衝垮撞倒。旁邊倒是還有一棵枝繁葉茂的大青樹，但離得有七、八米遠，我不可能像長臂猿那樣蕩飛過去。

喀吱紐，樹根傳來刺耳的響聲，那是椰子樹在呻吟哭泣。

要是椰子樹被衝垮撞倒，後果不堪設想。我會像枚熟透的果子掉到地上，摔得半死不活。我只帶著一把長刀，象皮厚韌如鎧甲，公象們站著不動，讓我砍一百刀我也砍不倒牠們，而牠們卻能用長鼻子捲住我的腰，輕輕一提就提起來，像皮球似地拋來拋去，然後用象牙將我的身體戳成馬蜂窩……

我只剩最後一線脫險的希望了，那就是召喚蒲公英前來幫我解圍。老虎是山林之王，大象也要畏懼三分。但蒲公英尚未成年，能不能嚇唬住這些大公象，我一點把握也沒有。

瞿——我將食指含在嘴裡，連續吹了好幾聲悠長嘹亮的口哨。

我站得高，看得遠，剛吹完口哨，便看見山腳下一片灌木叢裡，躍出一個色彩斑斕的身影，迅速往果園移動。一會兒，那身影越來越近，果真是蒲公英，嘴裡叼著一隻水獺，出現在椰子樹右側約五十米的一個緩坡頂上。

「蒲公英，快，把這些討厭的大象攆走！」我兩手捲成喇叭狀，高聲喊叫。

蒲公英扔掉口中的水獺，抬頭望望椰子樹冠，似乎明白了是怎麼回事，壓低身體，勾起尾尖，以一叢叢香蕉作掩護，向椰子樹逼近。

因有香蕉樹的遮擋，公象們暫時還看不見蒲公英，但大象的嗅覺十分靈

敏，又處在下風口，很快聞到了老虎身上那股特殊的腥味，大白象高高擎起鼻子，迎風作嗅聞狀，其他三頭瓦灰色公象也停止了噴水，緊張得渾身顫抖。

歐嗚——蒲公英已貼近四頭公象，從香蕉樹背後發出一聲威脅性的吼叫。

大白象不由自主地倒退了兩步，三頭瓦灰色公象神色慌亂，擠成一堆。

老虎畢竟有威懾力的，我想，當蒲公英張牙舞爪撲上來，這幾頭公象很快就會嚇得轉身退卻。

蒲公英從香蕉樹背後躥出來，齜牙咧嘴，躍躍欲撲。

讓我頗感意外的是，蒲公英這一亮相，非但沒能將這四頭公象嚇住，適得其反，大白象不再恐懼地往後退卻，而是豎起長鼻，撅起象牙，擺出一副搏殺的姿態，其他三頭瓦灰色公象也打著響鼻，嚴陣以待。

也難怪公象們敢斗膽與老虎對陣，單看蒲公英，已像一頭水牛犢那般大，吊睛白額，威風凜凜，但站在公象面前，兩相比較，就像小舢舨和大輪船並列在一起。公象們肯定一眼就看出前來挑釁的是隻乳臭剛乾筋骨還稚嫩爪牙還欠老辣的年輕雌虎，畏懼感頓時消退，想著自己身大力不虧，又象多勢眾，何愁打不過這隻小老虎？

蒲公英撲了過來，大白象搖晃著象牙迎上去，蒲公英一扭虎腰跳閃開，卻不料兩頭瓦灰色公象從左右兩側包抄過來，兩條長鼻像兩支鋼鞭似地照著虎頭抽打，啪，一條象鼻掃在虎耳上，蒲公英受了驚，斜躥出去，剛好退到大白象的腿邊，大白象抬起一腳，踢在蒲公英的屁股上，蒲公英被踢翻在地。兩頭瓦灰色公象挺著象牙猛戳過去，蒲公英機靈地就地打了兩個滾，象牙戳空，深深扎進香蕉樹……

我在椰子樹上嚇出一身冷汗。

大白象和兩頭瓦灰色公象在對付蒲公英時，另一頭瓦灰色公象自始至終守候在椰子樹下，以防備我趁機從樹上溜下來逃走。

蒲公英落荒而逃，大白象和兩頭瓦灰色公象吼叫著，緊追不捨，蒲公英逃進山腳的灌木叢，牠們才得意地返回椰子樹下。

蒲公英還沒成年，是鬥不過這些公象的，我想，牠差點被象蹄踩斷脊梁，差點被象牙戳通身體，受了驚嚇，再也不敢跑攏來幫我了。

趕走了老虎，大白象更加狂妄，指揮三頭瓦灰色公象用最快的速度朝椰子樹根噴水。半只太陽掉到山峰背後去了，果園籠罩起一層薄薄的暮靄。大白象氣勢磅勃地大吼一聲，龐大的身體猛烈朝椰子樹撞擊。咚，椰子樹像喝醉了酒似地搖個不停，嘩嚓嚓，有一些樹根折斷了，椰子樹微微傾斜。我估計，頂多每頭公象再噴兩次水，椰子樹必倒無疑。

就在這時，嗚歐唷——嗚歐唷——果園東南隅傳來母象嘈雜的吼叫聲。我循聲望去，象的產房裡，那頭孕象剛剛分娩完畢，疲倦地跪臥在地上；新生的乳象虛軟地躺臥在青翠的香蕉葉上，一頭老母象鼻子裡淋著水，替乳象揩洗身上的血污。蕉葉掩映下，我隱隱約約看見，一條我十分熟悉的斑斕身影，正在象的產房前躥來繞去。兩頭雌象顯得驚慌失措，奔跑著，揚鼻吼叫，企圖攔截蒲公英，不讓牠接近產房。

我心裡一陣快慰，蒲公英並沒有因爲遭到公象的猛烈反擊而撇下我逃之夭夭，牠繞了一個圈，避實就虛，尋找薄弱環節，嗅著血腥味跑去襲擊新生的乳象。

世界上現有兩種大象，非洲象和亞洲象，牠們之間最大的差異是，非洲雌象身材幾乎和雄象一般高大魁偉，也長發達的門齒，亞洲象的體形本來就比非洲象要弱小一些，亞洲雌象又比雄象瘦小一圈，還不長伸出嘴吻的長牙。

蒲公英發一聲威，朝攔在牠面前的一頭雌象撲過去，本來就膽小的雌象驚叫一聲，逃竄開去，產房失守，蒲公英一溜煙鑽了進去，兩頭正在護理新生乳象的老母象一面用身體擋住蒲公英，一面扯起喉嚨　嗚歐嗚歐高聲呼救，那意思是：——快來象哪，老虎要吃小象啦！

正準備再次撞擊椰子樹的大白象驚訝地回轉身來，三頭瓦灰色公象也停下了汲水和噴水的工作。

嗚歐，嗚歐，嗚歐，嗚歐。救命啊，產房就要變成屠宰場啦！

三頭瓦灰色公象翹起鼻尖呼呼朝大白象吹氣，還不停地用象蹄刨著地上的土，催促大白象趕快回產房去救援。

大白象踮起後肢眺望兩百米開外的產房，又抬頭望望椰子樹冠，猶豫不決地上下點動鼻子。顯然，牠又想返身去救新生乳象，又捨不得放棄即將到來的勝利。

那壁廂，蒲公英繼續對母象們施加著壓力。牠機敏地繞到行動遲緩的老母象身後，縱身一躍，撲到老母象的屁股上，老母象被火燙了似地跳起來，喪魂落魄地逃出產房。蒲公英趁機張牙舞爪向乳象衝過去，剛剛分娩完的孕象掙扎著站起來，用自己的身體罩在乳象身上。蒲公英跳到孕象身上，先是在象背上啃了一口，大概象背上的皮膚太厚韌，牠的牙齒還不夠尖利，無法咬得動，便扭頭咬住蒲葵葉似的一隻象耳朵。象耳薄脆，咬起來一定很過癮。那頭孕象張開寬闊的象嘴，發出一聲聲淒厲的哀嚎。產房外的兩頭雌象不敢從正面替孕象解圍，而是撞翻用香蕉樹搭建起來的產房圍牆。不等香蕉樹滾到自己身上，蒲公英便從孕象的背上跳了下來。掀翻的香蕉樹全壓在了孕象身上，孕象害怕會傷著細皮嫩肉的乳象，不敢躲閃，也不敢挪動身體，背上橫七豎八壓了好幾層香蕉樹，被埋在了香蕉樹下面。

歐嗬嗬——孕象發出悽楚的哭嚎。

蒲公英發出一聲聲讓母象毛骨悚然的虎嘯，顛跳著，撲躍著，把兩頭老母象和兩頭雌象趕到東攆到西，氣急敗壞地一聲接一聲驚叫。

三頭瓦灰色公象急得像熱鍋上的螞蟻——團團轉，不時用埋怨的譴責的眼光瞟大白象。明擺著的，再磨蹭，就會釀成虎災；不管怎麼說，母象們的安全和小象的性命是最重要的。大白象鼻尖長長地吹出一口氣，那是在無可奈何地歎息。終於，牠悻悻地朝椰子樹冠吼了一聲，一甩長鼻，朝產房疾步而去。

三頭瓦灰色公象緊跟著大白象去救援遭難的母象了。

象的產房那兒，虎嘯聲和象吼聲響成一片。暮色濃重，天昏地暗，我已看不清蒲公英和野象的身影，只隱約可見猛烈搖晃的香蕉葉逐漸向山腳方向延

伸，虎嘯與象吼也越來越遠。顯然，蒲公英成功地將大公象們引誘過去後，正在往山上退卻。

我趕緊從已經傾斜的椰子樹梢溜下來，逃出果園。

我回到小土房不久，蒲公英也回來了。月光下，我仔細檢查了一下牠的身體，沒有發現傷痕和血跡，心裡的一塊石頭才落了地。我撫摸牠的背，替牠捋順凌亂的虎毛。眞了不得，現在就這般聰明勇敢，長大後，肯定能成爲一隻呼嘯山林的猛虎。

這段時間，蒲公英又長大了一圈，身長差不多有兩米，飾有黑色條紋的金黃色的虎皮光滑如緞，四隻虎爪雪白如霜，虎臉與眾不同地分布著黃白黑三種色斑，目光如炬，威武勇猛。牠成了我狩獵的好幫手，每次外出打獵，牠差不多總有收穫，或者咬翻一頭野豬，或者追殺一隻盤羊，很少落空。

那天早晨，我帶著蒲公英到羊蹄甲草灘去捕獵馬鹿。煙花三月，羊蹄甲盛開，草肥鹿壯，公鹿頭上新生的茸角開始分岔，俗稱四平頭，此時割取的鹿茸，最爲珍貴值錢。我滿懷希望蒲公英能替我逐鹿草灘，捉獲一頭長著四平頭茸角的公鹿，讓我發筆小財。途經滴水泉，蒲公英突然停了下來，鼻吻在地上作嗅聞狀，身體滴溜溜在原地旋轉。我喊了兩聲，牠只是抬頭瞧了我一眼，又埋頭在地面上了。這是泉水邊的一塊濕地，既沒有草，也沒有樹，不可能藏著什麼東西。我往前走了一段，大聲叫喚牠的名字，還吹起口哨，牠卻置若罔聞，仍在那兒磨蹭。這不像是發現了獵物，要是發現獵物，牠會因緊張而虎尾高翹，眼角上吊，發出低吼。此時此刻牠的表情透露出甜蜜與欣喜，虎尾舒展搖曳，眼睛眯笑眯笑，一會兒偏仄腦袋作研究狀，一會兒伸出前爪作撫摸狀，神情專注，好像發現了稀世珍寶一樣。我從小把牠養大，這兩年多來朝夕相處，還從沒見過牠對什麼東西如此感興趣如此著迷過。我好生奇怪，走過去一看，濕漉漉的泥地裡，果眞什麼都沒有，再仔細端詳，哦，好像有一個淺淺的腳印。莫名其妙，一個腳印有什麼好看的嘛！我拍拍牠的肩胛，示意牠離開，牠乾脆在那個腳印前蹲坐下來，好像這個腳印被施過什麼魔法一樣，把牠的魂給勾去了。我又好奇地彎腰審視這個腳印，形如海棠，四隻腳趾清晰可辯，腳掌凹進去，掌根有一小塊六角形花邊，這是典型的老虎蹄印！這個老虎蹄印比蒲公英的腳印略大一些，如果猜得不錯的話，是一隻雄虎留下的足跡。牠在那隻雄虎的腳印留連忘返，在我再三催促下，大半個小時後，這才隨我上路。

這一耽誤，等趕到羊蹄甲草灘，太陽已經當頂，馬鹿早已吃飽了草，躲藏進迷宮似的沼澤，再也見不到了，一無所獲，只好空著手回果園。唉，乘興而去，敗興而歸。

以後的幾天，每當落日餘暉灑滿群山，蒲公英就會跑到果園的小山崗上，眺望雲遮霧罩的羊蹄甲草灘。一天半夜，睡得好好的，蜷縮在我床鋪後面的蒲公英突然發出一聲輕吼，騰跳起來，躥出門去；我以爲是危險的野獸摸到小土房來了呢，也骨碌翻爬起來，抓起獵槍，奔到院子；月朗風清，草叢裡蟋蟀在徐徐鳴叫，什麼異常的動靜也沒有。再看蒲公英，臉上柔情似水，一隻耳朵不斷地跳動，表明牠在凝神諦聽著什麼。我也側耳細聽，一會兒，羊蹄甲草灘方向傳來一聲虎嘯，相隔太遠，聲音十分輕微，若有若無，蒲公英如聞天籟之聲，昂首挺胸，朝著羊蹄甲草灘呼呼吹著氣，很高興的樣子。

蒲公英已經兩歲多了，按照虎的生活習性，此時的幼虎，已進入成年階段，離開虎媽媽獨自生活，闖蕩山林，尋找配偶，生養後代。這是生命的自然發展，生活的正常軌道。我曉得，虎不像狗那樣能終身與人相伴，終究是要離開我去尋找屬於自己的生活。再說，我遠在上海的父母親和姐妹聽說我養了一隻大老虎，天天嚇得做噩夢，一封封信雪片似的飛來，要我趕快把老虎處理掉，小心哪天老虎發起脾氣，啊嗚一口吃掉我。我當時的戀人——現在的妻子，也對我發出了最後通牒，要老虎還是要她，讓我認眞選擇。曼廣弄寨的村民們唯恐遇到蒲公英，都不敢上果園來了，香蕉爛在樹上，鳳梨爛在地裡，沒人來採擷，惹得村長大爲光火，放出風來，要活剝蒲公英的虎皮……有句成語叫養虎貽患，還有一句成語叫伴君如伴虎，倒過來說伴虎如伴君，想想也眞夠兇險的，萬一鬧出點人命官司，我吃不了兜著走，或者牠張開血盆大口在我脖

子上來這麼一傢伙，我就慘了。雖說到目前爲止，牠從未表現出任何想要傷害我的蛛絲馬跡，也從未到曼廣弄寨偷雞摸狗，但不管怎麼說，潛在的危險是存在的。諸多壓力下，我也有放虎歸山的想法。

翌日晨，我進果園鋤草，蒲公英鑽進一片山林不見了。中午，我吹了好多聲口哨，都沒能把牠召喚來。我猜想，牠一定是到羊蹄甲草灘去找那隻雄虎了。傍晚，蒲公英還沒回來。牠可能不辭而別，再也不會回來了，我想，心裡一陣傷感。雖說我已有放虎歸山的念頭，對牠離去也早有心理準備，但朝夕相處了兩年多，總有一種難以割捨的情懷。唉，到底是畜生，說走就走，連招呼也不打，眞是白養牠一場，白疼牠一場。我懶得做飯，悶著頭巴嗒巴嗒抽菸。天黑下來了，漆黑的小土房裡，只有菸頭在忽明忽暗，閃動著橘紅色的光。突然，院子傳來輕微的腳步聲，蒲公英叼著一隻很大的獵物，吃力地跨進門檻來。我一陣驚喜，立刻點燃火塘，火光照耀下，我看見，蒲公英叼回來的是一頭長著四平頭鹿茸的公馬鹿！牠身上濕漉漉，黏著許多草屑泥漿，累壞了，將公鹿吐在我面前後，便趴倒在地，呼呼直喘粗氣。唔，我錯怪牠了，牠沒有不辭而別，牠是跑到羊蹄甲草灘去捕捉馬鹿了。

我割下一隻鹿腿，送到蒲公英面前。牠辛勞了一天，肚子早就空了，理應狼吞虎嚥吃個飽。可牠只是伸出舌頭舔舔鹿腿，沒有啃咬，反而用嘴吻將那隻鹿腿推還給我。

牠是渴了，我想，要先飲水再進食，便用竹瓢從土罐裡舀了半瓢清水給牠，牠也不喝，還把臉扭了過去。

我摸摸牠的額頭，還扳開牠的嘴檢查牠的舌苔，一切正常，不像是生病的樣子。要是生病，牠也不可能從幾十公里外的羊蹄甲草灘將這頭一百多斤重的馬鹿搬運回果園來的。

這時，蒲公英站了起來，從我身邊走開去，來到床鋪後面牠天天躺臥的地方看了看，又去到牠喝水的水罐旁轉了轉。牠走得很慢，邊走邊用鼻吻作嗅聞狀，眼光迷惘，顯得戀戀不捨的樣子。最後，牠回到我身邊，神態有點憂鬱，

脖頸在我的腿上輕輕蹭動，嘴裡嗚嚕嗚嚕發出一串奇怪的聲音。

我意識到，蒲公英是在跟我，也是在跟果園的小土房——牠生活了兩年多的家，進行告別儀式。我恍然大悟，牠之所以要到羊蹄甲草灘去捕捉公鹿，是知道我喜歡長著四平頭鹿茸的公鹿；牠肚子空空卻不吃鹿腿，是要向我表明牠是完完全全爲我獵取這頭公鹿的；牠用獵殺公鹿來感激我的養育之恩，告訴我牠要走了。

我心裡暖呼呼的。牠沒有不辭而別，沒有一走了之，牠懂感情，知好歹。我雖然捨不得牠走，但心裡得到了許多安慰。我仔細地替牠清理掉身上的泥漿草屑，揩乾臉頰上的水珠，捋順牠的體毛，好像在爲出嫁的女兒喬裝打扮。

「蒲公英，你要走，我不能攔你的。」我摟著牠的脖頸說，「別忘了我，經常來看看我。喔，要是你過得不順心，你就回來，這兒永遠是你的家。」

我相信牠聽得懂我的話。雖然我是人，牠是虎，但我覺得我和牠彼此間的心是相通的，牠除了不會說人話外，什麼都懂。

門口灌進了月光，蒲公英從我的懷裡抽身出來，面朝著我，一步步後退，退到院子，一掄尾巴，倏地一個轉身，躥進院外那片棕櫚樹林。我奔到院子看時，牠已消失在水銀般的月光裡了。

這以後，我再也沒有見到我的虎女蒲公英。一年半後的某天黃昏，那位曾經揚言要活剝蒲公英虎皮的村長神色激動地跑到果園來告訴我，他早晨到勐巴納西森林去砍柴，拐過一道山岬，突然和三隻老虎迎面相遇，一隻是威武兇猛的成年雌虎，兩隻是半大的小老虎，彼此相距僅有十幾米，他嚇得魂飛魄散，腿都軟了；那兩隻半大的小老虎齜牙咧嘴躍躍欲撲，但那隻成年雌虎卻掄起虎尾不許兩隻小老虎胡鬧，牠定定地看了他約半分鐘，領著兩隻小老虎鑽進路邊的草窠。那隻雌老虎一定是你過去養的蒲公英，村長很肯定地說，不然對人不會那麼客氣的。我想也是，翌日晨起了個大早，趕到勐巴納西原始森林，想和闊別多時的虎女蒲公英見個面，遺憾的是找了一天也未能找到。

作家與作品

關於作者

沈石溪，原名沈一鳴，一九五二年生於上海，祖籍浙江慈溪。一九六九年初中畢業赴西雙版納傣族村寨插隊落戶。會捉魚、會蓋房、會犁田、會插秧。當過水電站民工、山村男教師、新聞從業員。在雲南邊疆生活了十八年，娶一妻，育一子。一九八四年考入解放軍藝術學院文學系。八〇年代初開始從事兒童文學創作，已出版五百多萬字作品。所著動物小說將故事性、趣味性和知識性融爲一體，充滿哲理內涵，風格獨特，深受青少年讀者的喜愛。

《第七條獵狗》、《一隻獵鵰的遭遇》、《紅奶羊》等連續三屆獲中國作家協會兒童文學優秀作品獎；《退役軍犬黃狐》獲一九八七年上海園丁獎；《聖火》獲「九〇世界兒童文學和平友誼獎」；《狼王夢》獲第二屆全國優秀少兒讀物一等獎；《象母怨》獲首屆冰心兒童文學新作大獎；《殘狼灰滿》獲上海少年兒童出版社首屆「巨人」中長篇獎；《瘋羊血頂兒》被評為《巨人》雜誌一九九五年度「最受歡迎的作品」；《混血豺王》獲第四屆宋慶齡兒童文學提名獎。作品還多次被收錄進中學語文教材。

作品在海外獲得良好聲譽，《狼王夢》獲台灣第四屆「楊喚兒童文學獎」，《保母蟒》獲台灣行政院新聞局一九九六年度金鼎獎優良圖書出版推薦獎，《狼妻》、《黑熊舞蹈家》、《美女與雄獅》等六部作品還被台灣各大報版面推薦，且獲選為「好書大家讀」年度最佳少年兒童讀物。

沈石溪得獎紀錄

第七條獵狗（短篇小說）
中國作家協會首屆（一九八〇～一九八五）全國兒童文學優秀作品獎
一九九四年中國時報十大童書獎
「好書大家讀」一九九四年年度最佳少年兒童讀物獎短篇小說創作優選獎

退役軍犬黃狐（短篇小說）
上海第六屆陳伯吹兒童文學獎

聖火（短篇小說）
北京九〇世界兒童文學和平友誼獎

一隻獵鵰的遭遇（長篇小說）
首屆雲南省文學藝術創作獎
中國作家協會第二屆（一九八六～一九九一）全國兒童文學優秀作品獎

狼王夢（長篇小說）
台灣第四屆楊喚兒童文學獎

第二屆全國少年兒童優秀圖書一等獎

「好書大家讀」一九九四年年度最佳少年兒童讀物獎長篇小說創作優選獎

仇恨(短篇小說)

上海《少年文藝》一九九四年年度好作品獎

沈石溪動物小說自選集

雲南省第二屆文學藝術創作獎二等獎

天命(短篇小說)

台北《民生報》、北京《東方少年》、河南海燕出版社聯合舉辦的一九九二年海峽兩岸少年小說、童話徵文少年小說組佳作獎

象母怨(中篇小說)

首屆冰心兒童文學新作獎優秀獎

殘狼灰滿(中篇小說)

上海少兒社首屆兒童文學中長篇大獎三等獎

作者手蹟

人類嬰兒是伴隨哭聲降臨世界的。祇有腦功能不全的嬰兒出生時才不會啼哭。接生的護士往往會抓住腳脖子，將嬰兒倒提起来，在粉嫩的小屁股上啪啪打兩巴掌，強迫嬰兒哭出聲来。哭泣真的是人類一個極其重要的生命特徵。堅強的人不等於不流淚，流淚的人不等於不堅強。許多人認為笑比哭好，可我卻固執地認為哭比笑好。在幾百種靈長類動物裏，有百分之八十的動物都會笑，但沒有哪種猿猴像人類那樣會流淚抽泣，會真正的哭。其它動物也有淚腺，但容量極小，唯一的作用是滋潤眼球，保護視力；祇有人類的淚腺，還具有表達和發泄感情的特殊功能。從解剖學上得知，人類的淚腺在所有的動物中是最發達的。毫無疑問，哭是生命的一種進化現象，或者說是進化了的一種生命。因此，哭比笑好。

沈石溪

二〇〇〇年六月一日寫於上海

關於插畫者

一九六〇年十月二十日生於福建金門，原名蔡海清。小時候最害怕日曆上的單號，這一天彼岸會發射宣傳彈，有時候會傷及無辜，造成鄉民死亡，那時候常常會疑惑人們爲什麼不能和平共處，爲什麼有軍隊、戰爭。直到一九七九年才停止射擊，童年可說是在炮火聲中長大的。

繪畫對我來說是與生俱來的，從小就喜歡塗鴉，教科書上空白的地方被我畫滿各式各樣的人物、事物。還好國立編譯館沒有把書本印得滿滿的，否則上

課一定很無聊。

小時候母親不希望我畫畫，她說那不能當飯吃，會餓肚皮，幸好頭腦單純，想不了那麼多，所以到現在還在畫，希望以後也能一直畫。

高中畢業後順利就讀國立藝專美術科國畫組，我不認同那時候臨摹的教學方式，覺得那失去創作的意義，最後自己提前畢業。

之後，進入民生報社工作，從事新聞漫畫，這是一份有趣又有挑戰性的工作；每天面對不同的新聞事件，以各種幽默畫面加以諷刺和批評。

畫漫畫的同時，我也喜歡畫兒童插畫，因爲它沒有新聞漫畫那麼嚴肅，而且還可讓我回味童年的天眞爛漫。

沈石溪作品集
再被狐狸騙一次

2010年4月初版
2024年8月二版

定價：新臺幣280元

著　者　沈石溪
繪　圖　季青
叢書主編　黃惠鈴
叢書編輯　王盈婷
美術設計　卜京
內文排版　陳巧玲
校　對　趙蓓芬

出版者　聯經出版事業股份有限公司
地址　新北市汐止區大同路一段369號1樓
叢書主編電話　(02)86925588轉5312
台北聯經書房　台北市新生南路三段94號
電話　(02)23620308
郵政劃撥帳戶第0100559-3號
郵撥電話　(02)23620308
印刷者　世和印製企業有限公司
總經銷　聯合發行股份有限公司
發行所　新北市新店區寶橋路235巷6弄6號2F
電話　(02)29178022

副總編輯　陳逸華
總編輯　涂豐恩
總經理　陳芝宇
社長　羅國俊
發行人　林載爵

行政院新聞局出版事業登記證局版臺業字第0130號

本書如有缺頁，破損，倒裝請寄回台北聯經書房更換。
ISBN 978-957-08-7465-5 (平裝)
聯經網址 http://www.linkingbooks.com.tw
電子信箱 e-mail:linking@udngroup.com

國家圖書館出版品預行編目資料

再被狐狸騙一次/沈石溪著．季青繪圖．二版．新北市．
聯經．2024.08．208面．14.8×21公分．（沈石溪作品集）
ISBN　978-957-08-7465-5（平裝）
[2024年8月二版]

859.6　　113011624